Hayykitap - 521
Edebiyat - 69

67

Oğuzhan Uğur

Hayykitap Edebiyat Yayın Yönetmeni: Caner Yaman
Editör: Pelin Olgun
Kapak ve Sayfa Tasarımı: Turgut Kasay

ISBN: 978-605-2214-29-9
1. Baskı: İstanbul, Temmuz 2018

Baskı: Yıkılmazlar Basım Yay.
Prom. ve Kağıt San. Tic. Ltd. Şti.
Evren Mah. Gülbahar Cad. No: 62/C
Güneşli - İstanbul
Sertifika No: 11965
Tel: 0212 630 64 73

Hayykitap
Zeytinoğlu Cad. Şehit Erdoğan İban Sk.
No: 36 Akatlar, Beşiktaş 34335 İstanbul
Tel: 0212 352 00 50 Faks: 0212 352 00 51
info@hayykitap.com
www.hayykitap.com
facebook.com/hayykitap
twitter.com/hayykitap
instagram.com/hayykitap
Sertifika No: 12408

OĞUZHAN UĞUR

67

Oğuzhan Uğur

Ankara'da dünyaya gelip, hayatına İstanbul'da devam eden müzisyen, senarist, karikatürist ve film yönetmenidir. Akdeniz Üniversitesi Güzel Sanatlar Fakültesi Fotoğraf Bölümü'nden mezun olmasının ardından sergi, belgesel ve kısa film çalışmalarına başladı. 2012 yılında ise *Çok Şükür* isimli albümü ile müzik piyasasına giriş yaptı. Albüm dışında, tekli çalışmaları ile müzik kariyerine devam ederken bir taraftan da yeni mecra YouTube'da *Babala* isimli kanalını açarak kendi programını yapmaya başladı. Kısa sürede yaptığı gerek siyasi gerek komedi içerikli programlarıyla sevilerek milyonlara ulaştı.

Normal

Normal bir gündü denebilir aslında. Adam için normal şu demekti: gün içinde iyi bir şey de, kötü bir şey de olmuyorsa o gün normal bir gündür. Kendine göre günlük hayatını bu düzene sokmuştu. İşte Hudutlu ailesi için o gün de normal bir gündü. Adam işe gitti, her şey sorunsuz geçmişti. Kadın çocuğuna baktı, çocuk oyuncağıyla oynadı, adam işten döndü, yemekler yendi...

Bu kadar.

Her gün olduğu gibi o gün de bu kadardı. Bu kadar normal ve bu kadar sıradandı.

Bu monoton hayatları, çıkacakları tatille birkaç günlüğüne de olsa hareketlenir diye düşünüyordu kadın içten içe. Ancak dizi aralarında kurdukları diyaloglarla devam ettirebildikleri ilişkileri belki biraz da olsa düzelirdi. Normalin sıradanlığından dışarı bir adım atabilirlerdi. Belli mi olurdu? Bunca yıllık bir ilişkinin ardından hangi çift oturup saatlerce konuşabiliyordu ki zaten, hangi çift aynı heyecanı ilk günkü tazeliğinde tutmayı başarabiliyordu?

Belki de boşunaydı.

Ertesi sabah küçük kızın tatil heyecanı bile ortamdaki gerginliğin üstünü örtemedi. Adam aynanın karşısında hızlı hızlı gömleğinin düğmelerini iliklerken, küçük kız koridorda oyuncak kurbağasıyla oynuyordu. Kadın bavullarda eksik var mı diye son kontrolleri yaparken koridordan hâlâ küçük kızın neşeli sesleri duyuluyordu. Ortamda koptu kopacak gergin bir elektrik vardı ve aslında toplasan beş metrelik alanda, toplasan beş karışlık boyuyla bir o yana bir bu yana koşan ufak kızın sesi topraklama yapıyordu.

Oturdukları semt, kısmen daha kötü yerlerde oturanlar tarafından "kalbur üstü insanların oturduğu yer" diye tabir edilirdi. Genelde bu cümlenin ardından "ama park yeri sorunu oluyor o taraflarda da, zenginsin de arabanı koymaya yer bulamıyorsun." diye eklenirdi. Bu, arkadaş sohbetlerinde o civarlarda oturmak isteyip de oturamayıp; bu yüzden de belki de kendilerini rahatlatmaya çalışanlar tarafından yapılırdı özellikle. Adam bunu bilirdi çünkü o da aynı cümleyi kurmuştu yıllar önce. Aslına bakılırsa doğruluk payı da vardı. Neyse ki bir önceki akşam evinin tam önünde olmasa da, iki apartman ötede boş park yeri bulabilmişti. Evden çıktıklarında kapıyı kilitlerken, gayet neşeli küçük kızın; "Dur! Koşma! Düşeceksin!" diye arkasından giden eşinin kısmen sinirli, oldukça endişeli sesi de yavaşça uzaklaşıyordu arkasında. Kapıyı kilitleyip güvenlik sistemini de devreye sokunca yanındaki bavullarla birlikte arabaya doğru ilerlerken, bir taraftan da tekerlekli bavulun kaldırımda çıkardığı sesin ne kadar yüksek ve rahatsız edici olduğunu düşünüyordu. Zaten bu tür bavullarla ne zaman seyahate çıksa hep aynısını düşünür fakat gideceği yere vardığında bu düşünce beyninden hemen uçuverirdi. Öyle de oldu. Arabanın arkasına geçip bavulları yerleştirmeye başlayınca, bu düşünce yine öncekiler gibi yerini başka düşüncelere bırakmıştı bile. Bu sırada karısı da kızlarını pusetine oturtuyordu.

Kadın, küçük kızı koltuk altlarından tutup kaldırırken zorlanırcasına ses çıkarttı ve "Artık çok büyüdün, baksana kaldıramıyorum seni" dedi yumuşak bir ses tonuyla. Kızın emniyet kemerini bağlamadan önce sıcaktan bunalmış bir şekilde saçlarını gelişigüzel topladı ve eğilip emniyet kemerini bağlayıp tekrar eliyle sıkılığını kontrol ettikten sonra kapıyı kapatıp bavulları bagaja yerleştiren adama döndü.

"Bak gerçekten gitmek zorunda değiliz."

Tepkisiz bir şekilde kapının önünde durmuş, adamdan herhangi bir tepkinin gelmesini bekliyordu. Gelmeyince tekrar etti:

"Sana diyorum. Gitmek zorunda değiliz."

Az önce kızının ne kadar büyüdüğünden bahsederken kullandığı ses tonundan eser kalmamıştı.

"Yok ben cidden gitmek istemiyorum. Bütün tatil asık suratını çekeceğiz, zehir olacak her şey. İnan çekemem, boş ver, gitmeyelim bir manası yok..."

Haftalardır bu tatil planı konuşuluyordu. Adamın işi yoğundu ve deniz kenarında yatıp geceleri sivrisinek tarafından ısırılmama mücadelesi vererek geçecek günler onun için gereksiz zaman kaybı gibi görünüyordu. Yine de, biraz da zorla tatile gitmeyi kabul etmişti.

"Haftalardır üç lafından biri tatile çıkalım oldu, şimdi mi vazgeçiyorsun? Kusura bakma ben de evde oturup senin laf sokmalarını çekemeyeceğim. Arabaya bin."

Komut netti. Bagajın kapağını kapattı ve birlikte arabaya bindiler. Küçük kız elindeki oyuncağıyla oynamaya devam ederken adamın araba kapısını sertçe kapatmasıyla irkilerek yerinden sıçradı. Bu arada kadın söylenmeye devam ediyordu "Tabii, evde de çok oturursun ya..."

Yine aynı iğneleyici laflar diye içinden geçirirken gözlerini süzerek kadına döndü.

"Efendim? Anlamadım."

Anlamıştı. "Yok bir şey" diye geçiştirdi kadın. Bir şey vardı...

Kontağı çevirince o yaz "hit" olacak ve büyük ihtimalle gidecekleri tatil köyünde yedi şarkıda bir yeniden çalacak o şarkı çalmaya başladı arabanın içinde. "Gidersen yol sonuna kadar, oysa bende aşktı sonuna kadar." diye bağırıyordu bilgisayar efektiyle güzelleştirilmeye çalışılan sesiyle popçu kadın. "Herhalde ondan sonraki cümle de 'boşanınca alırım donuna kadar' olur." diye düşünüp omuz silkinceye kadar neyse ki radyonun kapatma tuşuna basmıştı bile ani bir refleksle. Arabaya binmeden önce iyice soğuyan havalarının üstüne bir de bu saçma şarkı hiç de çekilmezdi, oysa küçük kız kısa süre çalan şarkıyı çoktan beynine kaydedip mırıldanmaya başlamıştı bile.

Havaalanına gidecekleri için trafiği, girişteki yoğunluğu, bavul indir kaldır yapmayı da düşünerek, yolculuk saatinden iki saat kadar önce yola çıkmışlardı. Hafta sonu ve erken bir saat olduğundan düşündükleri kadar trafik yoktu. İstanbul'da, özellikle hafta içi o saatlerde işe giderken çekmek zorunda olduğu trafiğin olmayışının haklı mutluluğunu yaşayarak, biraz daha gaza basmanın sorun olmayacağını düşündü. Zira çevre yolunda özellikle akşam saatlerinde gaza basmak demek en fazla saatte 50 km hızla gitmek demekti...

1. Dakika

Kamyon

"Baba, kurbağa!"

Acı bir fren sesi bu kısacık cümlenin sonundaki ünlem işareti olmuştu. Kızının o tiz sesiyle bağırışının hemen ardından iki eliyle direksiyonu kavramaya çalışan adamın son gördüğü karşıdan hızla gelen bir kamyondu. Asfaltın üzerinde durmaya çalışırken acı çeken bir köpeğin bağırışı gibi kayan tekerleklerin sesi, karısının ve çocuğunun bağırışları arasından net bir şekilde duyduğu kızının çığlıkları, çarpmanın etkisiyle birbirinin içine giren metal parçalarının o gürültüsü...

Sadece saniyeler içerisinde felaket sesleri silsilesi yaşanmıştı. Sonra ise bunların yerini derin bir sessizlik ve karanlık aldı.

4. Dakika

Karanlık

Gözlerini açtığında gördüğü şey, gözleri kapalıyken gördüklerinin aynısıydı ya da görmediklerinin... Panik halinde gözlerini ovuşturdu. Ellerindeki toprağı ilk o zaman fark etti. Her yer karanlıktı. Nerede olduğunu bilmiyordu ve bunun üstüne bir de hiçbir şey göremediğinizde, hiçbir şey görememenin verdiği panik eklenmişti. Ellerini birbirine sürterek topraktan arındırmaya çalıştı. Yeniden gözlerini ovuşturduğunda, uzun ve sık ağaçların toprakla buluştuğu yerde yattığını fark etti. Ağaçların yapraklarının arasından süzülen kırmızı yeşil tonlarındaki ışıkları seçebiliyordu. Yavaş ve temkinli bir şekilde ayağa kalktı. Ayakları çıplaktı. Saliseler içerisinde omuriliği uyarıyı çoktan beynine iletmiş, sinir sistemi komutu vermiş ve elleri yine ani bir refleksle üstünü silkelemeye başlamıştı. Şaşkındı.

Hiçbir şey hatırlamıyordu ve gömleklerinin düğmeleri açıktı. Etrafına bakınarak buraya nasıl geldiğini, ona ne olduğunu, en önemlisi kim olduğunu düşünürken bir taraftan da gömleğinin düğmelerini iliklemeye başladı.

Az ilerdeki hareketliliği görünce hiç tereddütsüz oraya doğru yürümeye başladı. Filmlerdeki gibi bir kurtuluş sahnesi yaşanacağını düşünüyordu. Gördüğü insanların yanına gidecek, nerede olduklarını soracak, içlerinden biri cebindeki telefonu çıkarıp yardım çağıracak ve o her kimse, her nerede yaşıyorsa oraya dönecekti. Hatta belki ambulans gelince üzerine bir battaniye verip eline de sıcak bir kahve tutuştururlardı.

Hareketliliğin olduğu yere yaklaştıkça, soğukta ağzından çıkan buhar gibi bu düşünceler de yok olup gitti. Ormanın ortasında dev gibi, kare bir masa vardı. Masanın her bir köşesindeki floresanlar gecenin o vakti sanki ay tüm ışığını o masaya yansıtıyormuş gibi etrafı aydınlatıyordu. *Rüya mı görüyorum acaba?* diye düşündü; fakat rüya olamayacak kadar gerçekti içinde bulunduğu ortam. Zeminde çıplak ayaklarıyla hissettiği nemli toprağın kokusunu bile alabiliyordu.

Masanın bir tarafında, yakasında ABD bayrağı olan takım elbiseli siyahi bir adam, diğer tarafında ise Arap şeyhi kılığında birisi oturuyordu. Masanın diğer iki tarafında ise Afrika'ya özgü yerel kıyafetiyle oturan siyahi bir adam ve çekik gözlü, takım elbiseli bir başka adam vardı. Her birinin arkasında çocuklardan ve kucağında bebeklerden oluşan bir kalabalık duran bu adamlar bir taraftan ellerindeki poker kartlarını tutarken diğer taraftan da birbirlerine güvensiz bakışlar atıyorlardı. Kalabalığın arasında ise sinsice gezerek kimin elinde ne kart var diye onlara bakan, Amerikan filmlerinden fırlamışçasına dolanan tıknaz bir adam vardı. Adam masanın etrafındaki turunu bitirince ABD bayraklı adamın yanına gitti ve eğilerek kulağına bir şeyler fısıldadı. Geri çekildiğinde ise kravatının üzerindeki mavi beyaz İsrail bayrağı göründü.

Yüzüne yerleşen aşağılayıcı gülümsemeye bakılacak olursa, ABD bayraklı adam belli ki bu tıknazdan tüyo almıştı. Elindeki kartları yavaşça masaya açarken diğer 3 adamın arkasındaki kalabalıktan uğultular yükselmeye başladı. Bu elin galibi belliydi. Masadaki diğer üç adam memnuniyetsizlikle kartlarını masaya açarken kadınlar da çocukları masanın üstüne koymaya başladı. Ardından kadınlar da masanın üstündeki yerlerini alınca ABD bayraklı adam özgüvenle ayağa kalkıp bir hamleyle tüm çocuk ve kadınları kendi tarafına çekti. Masanın ortasında yoğun bir kan birikintisi kalmıştı.

Bir film izlercesine baktığı bu sahnenin ardından masadaki adamlar dağılmaya başlayınca kendine geldi. Hâlâ nerede olduğunu, ne yapması gerektiğini bilmiyordu. Öyle gerçeküstü bir sahneydi ki izlediği, seslense sesini duyurabileceğinden bile emin değildi. Sanki bir kabus görüyor ve bağırmak istese de bağıramayacakmış gibi hissediyordu.

Evet, evet bu kesinlikle bir kabustu. Başını yukarıya kaldırdığında karşılaştığı sahne gerçeklikten oldukça uzaktı. Havadan birkaç adamın süzülerek masaya doğru inişini izledi. Şimdi ise masanın üzerindeki o kanı yalamaya başlamışlardı. Bu görüntüyle mide öz sıvısı ağzına kadar geldi ve kusmamak için iki elini birden ağzına götürdü. O esnada, sanki günlerdir su içmemişçesine kanı yalayan adamlardan biri aniden kafasını kaldırdı. Tam gözlerinin içine doğru bakıyordu. Ağzının kenarından kan akan adam elini ona doğru uzattı ve sordu:

"Susamadın mı?"

Bu soruyla birlikte diğer evrak çantalı adamlar da O'na doğru dönmüştü. İçinden kaçmak geldi ama ayakları hareket etmiyordu. Adamlar hep bir ağızdan konuşmaya başladı.

"Susamadın mı? Susamadın mı? Gelsene! Sen de gelsene!"

Nedense şaşırmamıştı. Korkmamıştı da. Ama konuşmak istemedi. Sadece kafasını iki yana sallayarak istemediğini belli etti.

7. Dakika

Kan

Rüyanın içine iyice dalıp artık gerçeklikten uzaklaştığına, ayaklarının yanında serçe parmağının uzunluğundaki insanları gördüğünde daha da emin oldu. Onlarca cüce bile denmeyecek kadar küçük insan çığlık atarak koşuşturuyordu. Ellerinde Filistin bayrakları vardı ve Arapça bir şeyler bağırarak panik halinde bir karınca sürüsü gibi koşuyorlardı. Adam neler olduğunu anlamak için kalabalığı gözleriyle takip etmeye başladı. Kadın, çocuk, yaşlı ne kadar insan varsa birbirlerine çarparak bir yere varmaya çalışıyor gibiydiler.

O bir yerler neresiydi?

Az ileride yine bir hareketlilik gördü. Kafasını pire kadar küçük bu insanlardan kaldırınca Nazi subayı olduğu, üzerindeki kendi içlerinde çekici, dışarıya ürkütücü gelen Hugo Boss üniformasından anlaşılıyordu. Bunu anlamak için sağ koluna takılı gamalı haçı görmeye gerek bile yoktu. Subay, kolunda Yahudi yıldızı olan birini tuttuğu gibi sürükleyerek tekmelemeye başladı. Bir taraftan da Almanca bir şeyler bağırıyordu. "Du scheiß blutsaugender! Du scheiß blutsaugender!"[1] Subayın bet sesli bağırışlarının arasında, çelimsiz Yahudi'nin "Yapma, savaş bitti, yapma lütfen!" haykırışları zar zor duyuluyordu. Adam bir deri bir kemik kalmış Yahudi'yi çenesinin altından tutarak tek eliyle ayağa kaldırdı ve Luger P-08'ini[2] şakağına dayadı. Gözleri az önce ayaklarının yanından geçip nereye gideceklerini merak ettiği küçük insan kalabalığına takıldı. Öldürülmek üzere olan Yahudi'nin yanına kadar varmış ve çığlık atıyorlardı.

Nazi subayı, önceden defalarca yaptığı gibi soğuk kanlılıkla tetiği çekti. 9 milimetrelik Parabellum'un kafa tasına girmesiyle Yahudi'nin kanları Filistinliler'in gözünde bir havai fişek gibi önce gökyüzüne doğru sıçradı. Kısacık bir süre sonra bu kanlar yerde ufak bir göl oluşturmuştu bile. Filistinlilerin bir çoğu Yahudi'nin cansız bedeni altında kalarak ezilip can vermişti, diğerleri ise oluşan kan birikintisinde can çekişiyor, çığlıklar atıyordu. Bir

---

[1] Türkçe çeviri: Sen kan emicisin.

[2] İkinci Dünya Savaşı sırasında Alman ordusu tarafından kullanılan, yarı otomatik tabanca.

süre sonra çığlıklar azalarak bitti. Kan deryası içinde tüm Filistinliler boğulmuştu...

Tabancasını kılıfına sokan üniformalı koşarak uzaklaştı. Adam bu sahneyle şimdi kabustan uyanacak, derin bir nefes alacak ve alnındaki teri silip her neredeyse, yanında her kim varsa güvenle ona sarılacaktı.

Olmadı.

Bitmek bilmeyen bir kabusun içinde sıkışıp kalmıştı ve tepki bile veremiyordu. Tek yapabildiği, anlam veremediği bu manzarayı izlemekti.

10. Dakika

Kurt

Ağaçların arasından bir hışırtı duyuldu. Elinde kavalla bir kadın boğulan Filistinlilerin yanına geldi. Takım elbise giymişti. Topuklu ayakkabılarının toprağa batmasının önüne geçmek istercesine dikkatlice eğildi ve yerdeki kan gölüne parmağını daldırdı. Sıcak kanı alıp dudaklarına sürdü. Cebinden çıkardığı aynaya bakarak sanki kadınlar tuvaletinde makyaj tazeler gibi az önce sürdüğü rujuna bakarak gülümsedi kadın. Aynasını yeniden cebine koydu ve arkasını dönüp kaval çalmaya başladı.

Ruhu sanki bedeninden ayrılmıştı. Şimdi her şeyi tepeden görüyordu. Bir tarafta şaşkınlıkla kadına bakan kendini gördü. Nasıl göründüğünü bile unutmuştu. Yüzü karanlıkta kalıyordu ama hatları belli olmasa da korkudan yüzünün bembeyaz kesildiğini fark etti. Çıplak ayaklarında damarlar çıkmış, gözlerinin beyazı kırmızılıktan yok olmuştu. Takım elbiseli kadının dönüp kaval çaldığı yerde de büyük bir kalabalık vardı. Hangi ırka, hangi dine mensup oldukları anlaşılmıyordu fakat kıyafetlerinden sporcu, bankacı, işçi, çiftçi gibi her kesimden onlarca kişinin olduğunu anlayabiliyordu. Kalabalık ağızları açık bir şekilde mest olmuşçasına kavalı dinliyordu.

Kalabalığın arasındaki bir gencin diğer herkesten farklı hareket ettiğini gördü. Durumdan rahatsızdı. Sazlıkların arasında kaybolmuş yırtıcı bir hayvan gibi oradan sıyrılmaya çalışıyor, bu amaçla önüne gelen insanları bir sağa bir sola savuşturuyordu. Uzun çabalarının ardından kalabalıktan kurtulmayı başardı ve O'na doğru koşmaya başladı. Artık kendi gözlerinden, gencin kendine doğru koştuğunu görebiliyordu. İçgüdüsü gence yardım etmesini emretmişti. Elini uzattı. Genç tam elini tutacakken sağ taraftan aniden öne atılan dev bir kurt genci kaptı.

Kabustan çok, artık resmen sonu gelmeyen bir korku filminin içindeydi. Her şeyi duyabiliyor, koklayabiliyor, hissedebiliyordu. Bir saniye öncesine dair kulaklarında kalan çığlık sesi, sanki tüm vücudunun içinde yankılanıyordu. Vücudu boş bir hangardı ve gencin acı bağırışı tenden duvara çarparak eko yapıyordu.

Koşup oradan kaçmak en akıllıca işti. Karanlık ormanın içine daldı...

67

12. Dakika

Kapüşonlu

Koşarak ne kadar uzaklaştığını fark etmemişti bile. İyice uzaklaştığından emin olunca adımlarını da normale döndürdü. Az önceki kurt, gözlerinin önüne geldikçe yüreği koşma isteğiyle dolup taşsa da kalbinin hızlı ritmi artık buna da izin vermiyordu. Yavaşça yürümeye devam etti bir eli kalbinin üzerinde. İşte o an aklına, dikkatli bir şekilde çevresine bakınmak geldi. Kafasını sola çevirdiğinde çok güzel bir kız çocuğu gördü. Hatta bugüne kadar gördüğü en güzel kız çocuğu olabilirdi bu. Çocuğun yanına gitmeye karar vermişti ki tanıdık bir kadın sesi duydu.

"Çabuk buraya gel. Gel. Gel. Gel. Çabuk!"

Sesin geldiği yöne baktığında Ege'yi gördü fakat kadının görünmesiyle kaybolması neredeyse bir olmuştu.

O'na doğru yürürken kızın fısıldayışı az önce kurdun kaptığı gencin çığlıklarını yardı.

Gitme.

Yine de seçiminde kararlıydı, Ege'nin peşinden gidecekti. Ayaklarının altındaki nemli çalılıkları ezerek peşinden gitmeye devam etti. Nereye gittiğinin önemli olmadığını düşündü vücudu mekanik bir şekilde az önce gördüğü kadını takip ederken. Evet, kesinlikle önemi yoktu nereye gittiğinin. Vardığı yerde o kadının olmasını istiyordu sadece.

Sadece o olsa yeterdi.

Öyle olmadı. Ormandan çıkmış, bomboş bir alanda dikiliyordu şimdi. Etrafta tek bir ağaç bile yoktu. Asıl sorun, Ege de yoktu. Bulmak umuduyla takip ettiği kadının yerine bomboş alanda sadece küçük bir bank vardı, üzerinde ise bir çift beyaz ayakkabı.

Bowling topu tutarcasına ayakkabıların dilinin olduğu yerden parmaklarını geçirdi ve onları eline alıp oturdu. Çiziksiz, tertemiz ayakkabılar. Arkasını çevirdi ve altında, yuvarlağın içinde kırk dört yazdığını gördü. Tam ayağına göre...

Saatlerdir bu çıkmazın içinde çıplak ayak bir o yana bir bu yana koşturduğunu işte o anda fark etti. Önce sağ

67

ayağını, bacağını kıvırıp sol dizinin üstüne koydu ve elleriyle ayağının altındaki toprağı temizledi. Ayakkabının sağ tekini ayağına geçirdi. Düşündüğü gibi ayakkabı ayağına tam oturmuştu. Aynı işlemi diğer ayağına da yaptı. Keşke bir masalın içinde olsaydı mesela. Ayakkabılar ayağına tam uyacakmış ve bu sayede artık bu kabustan kurtulacakmış... *Koskoca herif, düşündüğüme bak* diye geçirdi aklından. Ayakkabıların verdiği his, arabayla dolambaçlı taşlı bir yoldan giderken jilet gibi yeni dökülmüş asfalt otobana çıkmış hissi uyandırdı. Bu rahatlamayla arkasına yaslanıp gökyüzüne baktı.

Yıldızsızdı gökyüzü.

İki elin omuzlarını sıkı sıkıya tutup onu sarsmasıyla bir dakikalık huzuru da sabun köpüğü gibi gitmişti. Arkasını dönmek istedi ama yaptığı hareketler sadece biraz daha çaresiz hissetmesine neden oluyordu. Omuzlarında hissettiği eller arkasını dönüp kim olduğunu görmesine de hareket etmesine de engeldi. Ters dönmüş bir hamam böceği gibi olduğu yerde çırpınıyordu sadece. O esnada kapüşonlu, yüzü görünmeyen ikinci bir adam daha belirdi önünde. Omuzlarından ağırlık yiyince tek yapabildiği bacaklarını çaresizce çırpmaktı. Kapüşonlunun gelmesiyle bu özgürlüğünden de oldu. Ayaklarının önünde soğukkanlılıkla eğildi ve ikisi birden onu taşımaya başladılar.

"N'oluyor? Ne yapıyorsunuz?"

Adamlar onu duymazdan geliyordu.

"Anam! Bırak! Bir dur! Ne oluyor! İmdat!"

Ne kadar yardım isteme cümlesi varsa çaresizlikle hepsi ağzından dökülüyordu ama adamlar onu sürüklemeye devam ediyordu. Keşke hiç nefes almak zorunda kalmasaydı ve durmaksızın bağırabilseydi aklından geçen düşüncelere göre...

Karga tulumba taşınırken nefesinin kesildiğini ve vücudunun uyuştuğunu hissetti. Yavaşça kendini saldı. Şimdi iki kapüşonlu onlardan kaçmaya çalışan birini değil de bir cesedi taşıyor gibiydiler.

Kısa bir yürüyüşün ardından gri, soğuk duvarlı bir hangarın önüne geldiler. Kapüşonlulardan biri cebinden çıkardığı anahtarla dev kapının kilidini açtı. Bu esnada yerde baygın halde yatarken kafası betona değiyor, öteki de ayaklarından tutmaya devam ediyordu. Kapıyı açınca ellerini yine koltuk altlarına geçirdi biraz daha çelimsiz olduğu boyundan ve duruşundan anlaşılan diğer kapüşonlu. İkisi birden bakıştılar. Bakışlarında önceden bunu defalarca yapmışlarmış gibi bir his vardı. Hiç konuşmaksızın ceset gibi kendini salmış adamı bir sağa bir sola üç defa salladılar ve son bir kez daha birbirlerine bakış atarak ellerini bıraktılar...

67

Boş hangarın içinde sert betona çarpan kemiklerin sesi yankılandı ilk önce. Sanki kemikleri bu çarpmanın etkisiyle pare pare kırılmış, derisi ise onların dışarı dağılmasını engellemişti. Böyle bir acıyla kendine geldi ve gözlerini açmaya çalıştı. Yine her şey puslu gözüküyordu. Çıkan seslerden ve acıyla kıvranan vücudunun altında hissettiği serin betondan dolayı, artık bir ormanın ortasında değil de kapalı bir alanda olduğunu anlaması için görmesi gerekmiyordu. Yine de gözlerini açmaya çabaladı. Kapüşonlulardan biri o esnada çoktan çıkmıştı hangardan, daha yapılı olan ise kapının hemen önünde durup onun can çekişmesine bakıyordu. Bir süre çaresizce kendine gelme çabalarını izledikten sonra cebinden yine anahtarı çıkarttı ve arkasına döndü. Aslında yerdeki can çekişmesi ona zaman kazandırmıştı. Bu sayede görüş kalitesi de yavaşça düzeliyor ve etrafı inceleyebiliyordu.

Kapüşonlunun arkasına dönmesiyle birlikte ayağa kalkmaya karar verdi. Anlaşılan o ki kapıyı üzerine kilitleyip gidecekti ikisi de. Yetişmesi için kalan son enerjisini de sonuna kadar kullanması gerekiyordu. Derin bir nefes aldı, gözlerini bir kez daha ovuşturdu ve sağ eliyle yerden destek alarak ayağa kalktı. Dünyası bir fırıldak gibi dönmeye başladı ama aynı zamanda koşmaya da başlamıştı. Yetişebilirdi, bu hangarda kilitli kalmaktan kurtulabilirdi yine kendi düşüncesine göre.

Olmadı.

Kapıya yetişemeden, çoktan büyük bir hız ve gürültüyle kapanmıştı bile. Çaresizlikle kapıyı zorlamaya başladı.

"Heeey! Açın kapıyı... LAN!"

Omuz attı, tekmeledi ama nafile. Kapı sanki darbelerin gücünü emiyor, acı olarak onun vücuduna geri zerk ediyor gibiydi. Yine bitap düştü. Yenilgiyi kabul edip sırtını kapıya dayayarak yavaşça yere doğru süzüldü güneşin altında kalmış bir mum gibi.

Çaresizliği ve akabinde bunu yine çaresizlikle kabul edişi teninin altında bir elektrik akımı gibi tüm hücrelerine yayıldı. Etrafı incelemeye koyuldu.

Oldukça büyük bir odaydı burası, tavanı da bir o kadar yüksekte. Sağ köşesinde basit, demir ayaklı bir yatak vardı. Ayaklarından neredeyse duvar kadar kalın olan camdan giren ışık huzmeleri yansıyordu. Yatağın yanındaki elbise dolabı zincirlerle sarmalanmış bir vaziyetteydi. Odanın diğer tarafında ise çevresinde üç sandalye olan küçük bir masa ve geniş kapakları asma kilitlerle kapatılmış, bir köşesi kalın cam olan evrak dolabı vardı. Kapıya en uzak olan yer de odanın içindeki bu ağır rutubet kokusunun cevabını veriyordu. Küçük, bir suratı bile zar zor bütünüyle gösterebilecek lekeli bir ayna ve hemen altında sararmış bir lavabo. Musluktan damlayan suyun sesi beyninin duvarları içinde yankılanıyordu. Eliyle bir sivrisineği kovar gibi bir hareket yaparak sesin rahatsızlığından kurtulmaya çalıştı. Odayı ne kadar iyi bilirse buradan çıkması o kadar çabuk olabilirdi. Zorlukla etrafına bakınmaya devam ederken cam dolabın içindeki ekmek ve su şişesi ilişti gözüne. O zamana kadar açlık ya da susuzluk hissetmediği gibi, o andan sonra özellikle bu susuzluk hissini ve kana kana su içme arzusunu bastıramayacağının da farkındaydı. Fakat ekmek ve suyun içinde bulunduğu cam bölmenin kapağı bile yoktu, sadece önünde bir yumruğun geçebileceği genişlikte açık bir delik bulunuyordu. Başını eğip eline bakma ihtiyacı hissetti. Hemen enerjisini toplayıp yerinden kalkabilir ve elini o delikten geçirmeye çalışabilirdi. Peki ya eli sığmazsa? Bunu göze alarak zaten bitkin vücudunu daha da fazla yormamaya karar verdi. Etrafına daha dikkatli bakınıp o odadan çıkmanın bir yolunu bulmaya çalışmalıydı...

Çevresine bakınmaya başladığından beri camdan gelen ışıkla göz kırpan yatağın demir ayakları birden daha mantıklı bir çözüm gibi geldi gözüne. Tüm enerjisini toplayıp ayağa kalktı ve yatağın yanına giderek demir ayaklardan birini tekmelemeye başladı. Bir taraftan da olanca gücüyle bağırarak ilk defa o an uydurduğu küfürleri saydırıyordu. Bu hırsla ne kadar uğraştığının farkında değildi ama bir süre sonra yatağın ayağı kırılınca, kendi ayağındaki ağrı *ben buradayım piç* diye kendini hatırlatmıştı ona.

Kopan demir parçası artık elindeydi. *Bunu biraz inceltsem kapıyı kanırtırım* diye düşünüp evrak dolabının yanına gitti. Demir olmayan diğer eliyle belini tutup eğildi ve demiri dolabının ayağının hemen yanına yerleştirdi. İki eliyle dolabı birkaç santim havaya kaldırıp demir parçasını da ayağıyla altına itip dolabı bıraktı. Bir demiri bu kadar kolay düzleştiremeyeceğinin farkındaydı. Demir yassılaşıncaya kadar bunu yapmaya devam etti soluk soluğa. İyice düzleştiğini düşündüğünde ayakkabısının parmak ucunu demire bastırarak kendine çekti. Demir tam istediği gibi olmuştu ama şimdi bu işleme başladığı zamankinden çok daha aç ve susuz bir haldeydi. Neden ilk önce suya ve ekmeğe ulaşmayı denemedi ki?

Demiri yerden alıp kapıya doğru yöneldi. Az evvel son gücüyle uğraşarak düzleştirdiği parçayı kapı ve duvar arasına sokup kilitleri yoklamaya başladı. Demir belirli bir yerde takılıp kalınca bu hamlesiyle kapının açılacağından emindi. Ama yok, ilk deneme başarısızdı. Kapı bir milim bile oynamış değildi yerinden. Daha güçlü kanırttı, daha fazla ittirdi demiri bir taraftan da bağırırken. Demir kırılıp bir parçası duvar ve kapı arasında sıkışıp kaldı, diğer parçası da elinde.

67

"Hay *mına koyayım!"

Bu son yenilgiyle artık deliliğin sınırlarına dayanmıştı. Bir adım atsa sonu ölüm olacağı kesin bir uçurumun yanındaymış gibi. Bir daha yenilse delirecekmiş gibi kafasını iki elinin arasına alarak olduğu yerde çöktü ve mırıldanmaya başladı.

"Siz kimsiniz lan? SİZ KİMSİNİZ! Bana bunu nasıl yapıyorsunuz kardeşim!? Bana... Bana..."

Son cümlesinin ardından beyninde bir şimşek çaktı. *Bana?* Bu Allah'ın cezası kabusun içine nasıl düştüğünü, nasıl çıkacağını, kim olduğunu, adını bile bilmezken; daha kendi kendini tanımıyorken...

Bilmediği benliğinin içinden herkeste olduğu bilinen egosu çıkmıştı ilk önce. Kim olursa olsun. Kimse ona bunu yapamazdı!

Nefretle kalkıp, bir karışlık aynanın önüne koştu ve nefreti, yerini o an şaşkınlığa bıraktı. Karşısında gördüğü yüzü tanımıyordu. İki elini birden yüzünde şaşkınca gezdirmeye başladı. Kör bir insanın herhangi bir nesneyi eliyle yoklayarak ayırt etmeye çalışması gibi, ellerini yüzünde gezdirip anlamaya çalışıyordu. Bu O muydu? O kimdi? Aynada gördüğü siluete karşı bağırıyordu...

"Kimsin sen? Kimsin oğlum sen? Lan ben kimim?! Bu

ne lan! KİMSİN SEN?!"

Ağzının hareketlerini izledi aynadan bir süre bağırarak. Aynıydı. Bu gördüğü kendisiydi ama...

Delirdiğini düşündü. Ellerini saçlarında gezdirerek arkasını döndü. Aynadaki tanımadığı yüze daha fazla dayanamayacaktı.

İçinde ekmek ve su olan dolaba doğru yöneldi, kolunu açıklıktan içeri soktu. İlk başta elinin o boşluktan geçmeyeceğini sanmıştı. Yanıldıysa da sonuç değişmedi, ekmek ve su o kadar uzaktaydı ki kolu yetişemedi. Birkaç denemenin ardından yine kabullendi. Yine aynanın karşısında buldu kendini. Kireç kaplı musluğu çevirdi. Musluğun içinde bir canavar varmış gibi uğultulu bir ses yükseldi önce. Sanki borularda sıkışıp kalmış bu mahlukat, onun vanayı çevirmesiyle duvara çarpa çarpa musluktan akıp, sarı lavabonun içine düşecekti.

Olan, sadece yankılı boğuk sesin yavaşça yok olmasıydı. Musluktan bir damla bile su akmadı.

İyice sinirlenip musluğu tekmelerken yine gözü aynada gördüğü yabancıya takıldı. Sakinleşti. Bir süre boş boş aynadaki kendisini izledi. Tanımadığı o kişiydi bir karışlık gümüş sırrın yansıttığı görüntüsü. Kan aniden ellerine doldu, parmak uçları uyuştu ve yumruğunu kaldırıp aynaya geçirdi. Birkaç parçası lavabonun içine düştü şangırtılar odanın içinde yankılanırken. Sol üst köşesinde mavi çerçeveye takılı kalan parça hâlâ kendi yüzünü yansıtıyordu. Kırılan parçaların arkasında çıkan duvarı incelerken, köşede eğreti sallanan aynadan, arkasında bir adam olduğunu fark etti. Oldukça yakışıklı, parlak saçlarını arkaya doğru taramış, şık takım elbisesiyle masada oturup sigarasını içen kişi Celil'di.

Korkudan donup kaldı. Arkasını bile dönemeden aynadan onu incelemeye başladı. Celil ise o esnada tepkisiz bir şekilde sigarasını ciğerlerine çekmeye devam ediyordu. Gördüğü ile gerçekte olması mümkün olmayan bir uyuşmazlık vardı aynanın köşesinden yansıyan görüntüsü ile arasında. Celil'in alnının ortasında, daha yeni olduğu anlaşılan bir kurşun deliği duruyordu. Koyu renkli kanı henüz kurumamış, kurşunun açtığı kraterin etrafında jelleşmişti. Kafasını ona doğru çevirince daha net gördü kurşunun girdiği yeri.

"Benim adım Celil. Ee, kimsin sen?" diye sordu. Bu sorudan cesaret alıp arkasına döndüğü an adamın yanı başında olduğunu gördü. Elinde bir silah vardı ve alnının ortasına dayadı.

"Bilm..."

Cümlesini tamamlayamadan Celil tetiği çekmişti. Kurşun, saniyede kafatasını delerek beynine ulaştı. Sanki bir filmin en can alıcı noktasındaki dramatik ağır çekimle yere düşüyordu şimdi.

Düşüyor... Düşüyor...

Düştükçe etraf da git gide kararıyordu. Karanlığın içinden bir sürü elin O'nu kurtarmaya çalıştığını görüyordu. Celil sakince silahını indirdi ve O'nun ağır çekim düşüşü devam ederken bir süre aşağıya, sonra da kafasını kaldırıp yukarıya baktı ve bir adım kenara çekilip bağdaş kurarak yere oturdu. Tam o anda pat diye Celil'in yanına düştü.

Düşüşüyle birlikte bir kabustan uyanırcasına sıçradı. Aklına ilk gelen az önce beyninin ortasından yediği kurşundu. Panik halinde yüzünü yokladı. Hiçbir şey yoktu. Ellerine baktı. Kan da yoktu, kurşun izi de. Kendini toparlayıp Celil'in yanına bağdaş kurdu.

"Ben, ben kim olduğumu bilmiyorum."

"Nasıl yani? *Ben kendimi bilmez bir adamım* gibi mi? Yoksa *hafızamı kaybettim* gibi mi?"

"Adımı bile hatırlamıyorum. Hafızamı kaybettim ben."

Celil bu cevap karşısında sağ eliyle çenesini sıvazladı.

"Hımm. Ama hafızanı kaybettiysen nasıl oluyor da 'hafızamı kaybettim' cümlesini hafızandan çıkarıp sorumu cevaplayabiliyorsun? Hı? Zaten birinin kim olduğunu sorunca ya adından ya mesleğinden bahsediyor. Bir fark yarat be, ne olacak? Bana kim olduğunu söyle, inan adın umurumda değil."

Durumu açıklama zorunluluğu hissetti bu yargının ardından. Bu kabus gibi saatlerin başını hatırlıyor ama buraya nasıl düştüğünü bilmiyordu. Sanki doğumu, kabusun başlangıcıydı. Oradan başlayarak anlatmak iyi olur diye düşündü.

"Ben tanımadığı iki adam tarafından bir odaya hapsedilince korkan, sinirlenen ve cevap isteyen biriyim."

"Ha ha... Bak söylediğinden değil de ses tonundan egosu yüksek biri olduğunu ima ettin. Ha ha ha... *mına kodumun çocuğu..."

"Benimle böyle konuşamazsın!"

"Neden? Sen, seninle böyle konuşulamayacak biri misin?"

"Yeter ya! Çok saçma bu. Ne istiyorsunuz benden?"

"Bana kim olduğunu söylemeni istiyorum."

"Bilmiyorum."

"Kim olduğunu söyle puşt!"

"Bilmiyorum."

"SÖYLE!"

"BİL Mİ YO RUM! Bunları hak etmiyorum. Ben size ne yaptım? Yeter!"

Celil, son kelimenin ardından oturduğu yerden hızla kalktı ve boğazına yapıştı. O kadar kuvvetliydi ki boğazından tutan el, onun ayaklarını yerden kesmişti. Sanki bir darağacında sallanır gibi ayakları çırpınıyordu. Bir taraftan da Celil'in Arapça bağırışlarını anlamaya çalışıyordu. Bu söylediklerinden hiçbir şey anlamamıştı.

Nefesi yavaşça tükeniyorken "*Bu, kendi ellerinizin yapıp öne sürdüğünün karşılığıdır. Allah kullarına asla zulmetmez.*" dedi Celil ve birden kayboldu.

Öyle boğuk bir sesle söylemişti ki bunları hâlâ içinden bu sözleri tekrar ediyordu kendini yere düşmüş bulduğunda...

67

16. Dakika

Kadın

Boğazı Celil'in elinin kuvvetiyle neredeyse düğümlenmişti. Öksürerek nefes almaya çalıştı. Her nefes alışında daha şiddetli öksürüyordu. O esnada yanındaki elbise dolabı zangır zangır titremeye başladı. Boğazını ovuştururken elbise dolabını inceliyordu. Titreşim gittikçe arttı. Bir süre sonra dolap neredeyse sallanmaktan havaya kalkacak gibi oldu. Sallantı o kadar şiddetliydi ki birden dolabı sarmalamış zincirler koptu ve büyük bir gürültüyle dolabın kapakları açıldı. Dolabın içinden çırılçıplak, pürüzsüz tenli bir kadın fırladı. Çok güzeldi. Kocaman iri göğüsleri, uzun düz saçları ve muhteşem vücut hatlarıyla şaşkınlıkla bakan gözlerinin yerinde şimdi küçük bir tahrik pırıltısı vardı. İstemsizce gözlerini kısıp kadını incelemeye koyuldu.

Kadın inanılmaz bir hışımla üzerine doğru yürümeye

başladı. Onu kollarından tuttuğu gibi odanın ortasına fırlattı ve yine aynı hızla bacaklarını iki yana açıp üzerine oturdu. Kasıklarını bacaklarının üstüne sürterken bir taraftan da kemerini açıyordu. Kadına karşı koymaya çalıştı. O kadar güçlüydü ki beceremedi. Kırmızı ojeli beyaz elleriyle kemeri açtı, sağına doğru fırlattı. Hızla pantolonunu aşağı çekti.

Normal bir hayatta böyle bir kadına katiyen karşı koymazdı. Hatta dışarıda görmüş olsa onunla sert bir seks bile hayal ederdi ama şimdi ondan kurtulmak için canını bile vermeye razıydı. Kadın sol elini kafasının yanına koymuş, tek eliyle onu soymaya devam ediyordu. Uzun saçları burnuna ve ağzına değiyordu adamın. Tamamen çırılçıplak kalınca elini kafasının yanından çekti ve çenesini tuttu. Diğer eliyle de yüzünü tokatlamaya başladı. Anadan üryan bir şekilde hem utanıyor hem korkuyordu. Çığlık çığlığa bağırmaya başladı. "Yalvarırım yapma! Bırak ne olursun bırak! Lütfen! YAPMA!"

Kadın uzun sağ kolunu uzatarak parmaklı elini cinsel organında gezdirdi ve yavaşça vajinasının içine yerleştirdi. Sertleşmemiş erkeklik organının üzerinde düzenli salınımlarla bir ileri bir geri gidiyordu. Bu bir fantezi değildi. Tecavüzün verdiği duyguyla yüzünü ekşitti. Utandı. Korktu. Tüm vücudu onu saran bu ele geçirilmiş hissiyle yanıyordu.

"'Tecavüz kaçınılmazsa zevk alacaksın' lafının bir erkekten çıktığını biliyor muydun?"

Ses Celil'e aitti. O, orada bir kadın tarafından canice tecavüze uğrarken, bu yavşak yine çıkmış kulağının dibinde fısıldıyordu.

"Neden biliyor musun? Çünkü bir kadın asla tecavüz hakkında şaka yapmaz... Biliyor muydun ya cidden soruyorum, biliyor muydun? Aaaa! Ama belki de bilmiyorsun ha? Haaa, lan sen adını bile bilmiyorsun. Şu yüzünün aldığı hale bak çok bitkin görünüyorsun. Eyvah! Yoksa acı mı çekiyorsun?"

Çekiyordu. Hem fiziksel, hem zihinsel acı çekiyordu... Ağlayarak cevap verdi: Evet...

"Güzel..."

Celil ağzını sinsice yamultmuş, O'nun çektiği bu işkenceyi sanki arınmaymış gibi zevkle izliyordu. Gözünden yaşlar boşalırcasına ağlarken bir taraftan da *yapma* diyerek yalvarıyordu ama nafile. Kadın eliyle ağzını sıkı sıkıya kapattı ve yüzündeki o iğrenç ifadeyle adamın üzerinde gidip gelmeye devam etti. Nefes alamıyordu... Gözleri git gide kararmaya başladı. Kadının devinimiyle sırtı, omuzlarının arkası, kuyruk kemiği, dirsekleri yerdeki soğuk betona sürtünmekten aşınmıştı. Etrafı karardı... Gözlerini açtığında tam karşısında melek yüzlü güzel bir kadın vardı. O'na doğru eğildi ve melek gibi sesiyle kulağına fısıldadı. *Beni duyduğunu biliyorum.*

19. Dakika

Kimim ben?

Kan ter içinde uyandı. Yatağındaydı. Korkunç bir kabus görmüştü. Nefes nefese etrafına bakındı. Kendi yatak odasındaydı herhalde... *Allah Allah* diye söylendi kendi kendine. Hâlâ tecavüzün etkisindeydi. Her şeyin bir rüya olduğunu düşündü. Ormanda başlayıp; poker masasında insanların katledildiği, cücelerin ezilip kanının emildiği, kurtların insanları yediği ve bir odanın içinde tecavüzle biten bir kabustu bu...

Hâlâ kim olduğunu hatırlamıyordu ama çevresine baktığında komodin ve şifonyerin üzerinde çerçevelenmiş fotoğraflarda gördüğü kişi, aynada gördüğü kişiyle aynıydı. Bir fotoğrafta rakı masasında oturmuş poz vermişti kucağında küçük bir kız ve yanında elini tuttuğu bir kadınla. Diğerinde, elinde kocaman bir orkinos var. Kendine dair en ufak bir ipucu bulma umuduyla odayı incelemeye koyuldu. Çekmeceleri açıp kapıyor, elbise dolabını didikliyor, fotoğrafların arkasına bakıyordu. Belki bir tarih, belki arkasında yazılmış bir isim ona kim olduğunu birden hatırlatabilirdi. Hiç bir şey bulamadı...

"Kimim ben? Hâlâ hatırlamıyorum..."

Derken odanın kapısının ardından bir ses duyuldu.

"Aga de haydi öldün mü? Çay soğuyor..."

İrkildi. Yine tanımadığı bir sesti. Kısa bir süre aynı ses tonuyla içinden tekrar etti. *Aga de haydi, aga de haydi, haydi...* Yok. Kesinlikle bilmiyordu. Hızlıca kapıya yöneldi ve odadan çıktı.

67

22. Dakika

Kapı duvar

BAM! Şimdi yine aynı hangarın içindeydi. Karşısında ona bakan genç bir erkek masada oturmuş çay içiyordu...

"Hay canına kurban. Bak uyanamamış hâlâ şişik şişik bakıyor."

Genç, gözlerinin içine bakarak elindeki çayı sağına doğru uzattı. Sağında duran kişiyi görünce şaşkınlığı bir kat daha arttı. Gencin çay verdiği kişi kabusunda O'na tecavüz eden kadındı. *HAYIR* diye bağırmak geçti içinden. Nutku tutulmuştu.

Kadın elini gencin saçlarına doladı ve sandalyenin altından çıkardığı bıçağı hızlıca fakat soğukkanlılıkla gencin boğazına saplamaya başladı. Nazi subayının o Yahudi'yi beyninden vurduğunda çıkan kandan çok daha fazlası atar damara giren bıçağın ve kan basıncın etkisiyle etrafa saçılıyordu. Panikle arkasını döndü ve girdiği kapıdan geri çıkıp arkadan biri kapıyı zorlayacak gibi sırtını dayadı. Nefes nefeseydi. O kadın neden oradaydı? O genç kimdi? Bir eli kalbinin üzerinde nefesini düzene sokmaya çalışırken arkasına baktı. Dayandığını düşündüğü kapının yerinde sadece duvar vardı...

Yine arkasından aynı çocuğun sesi: "Aga ne ürktün?"

Defalarca boğazına bıçak saplanıp, hayatta kalması imkansız olan gençti bu. Ani bir refleksle arkasına döndü. Yine hangardaydı.

Gencin yüzüne baktı. Her tarafta kan olması gerekirken yoktu. Yüzünde bir çizik bile yoktu gencin. İrkilerek yine arkasını döndü. Hangara girdiği kapının yerinde yeller esiyordu. *Kapı duvar.*

Genç, ayağa kalkarak yanına geldi ve koluna girerek masaya doğru onu çekerken bir taraftan da "Bir destur de. Gel hele otur şöyle." dedi ve masaya oturdular. Şaşkın şaşkın yüzünü incelemeye devam etti. Genç: "Bak sapık sapık bakıyor. Kesin bir şey soracaksın... Sor hah sor."

"Kimsin sen?"

"Atak, hırslı, ileri görüşlü, zehir gibi genç bir Türk delikanlısıyım."

Elini çenesine götürdü.

"Peki ben kimim?"

"Atak, hırslı, ileri görüşlü, zehir gibi orta yaş üstü bir Türk delikanlısısın."

"Adım ne oğlum adım ne?"

"Vay... Nasıl? Adını mı unuttun?? Ha haa, insan adını bilmez mi yahu? De get oradan agam, benimle maytap geçme. Sen adını bilmiyor musun gerçekten?"

"Bilmiyorum ulan işte bilmiyorum!"

"E agam sen o zaman baya geri zekalısın..."

"Haddini bil ulan!"

"Sen de adını bil ulan!"

Genç bu cümlesiyle elini havaya kaldırmıştı sanki vuracak gibi. Ani bir refleksle irkildi ama hemen ayağa kalkıp gencin yakasını tutup onu duvara yapıştırdı.

"Yeter lan artık! Kimsiniz lan siz!? Kimsiniz lan!?"

"Atak, hırslı, ileri görüşlü..."

"He lan hee! Genç bir Türk delikanlısısın, daha Türkçeyi bile doğru düzgün konuşamayan Türk delikanlısı..."

Genç elleriyle onu savuşturmayı başarmıştı.

“Yav Allah aşkına agam... Adama soruyorsun ‘gardaş nerelisin?’ diye ‘Ankaralıyım ama Selanik’ten geldik’ diyor, ‘Trabzonluyum ama Yugoslav göçmeniyiz’ diyor, ‘Eskişehirliyim amma Çerkeziz’ diyor. E İstanbul ne? Alayı ‘göçmenim de göçmenim’ diyor. Şimdi siz Türkçe’yi pek güzel konuşanlar bile bir türlü Türk olduğunuzu kabul edemiyorsunuz da ben konuşamadım diye mi Türk olamadım? Sen nesin agam?

“Türk’üm ben!”

“Eyi.. Ne mutlu sana...”

Tam o sırada arkadan bir kilit sesi geldi. Biraz evvel duvar olan kapıdan kalın pardesülü, elinde evrak çantalı yaşlı bir adam belirdi.

“Ziya, Ziya!”

Bu O’nun adıydı! Evet, evet. Yaşlı adamın ağzından çıkar çıkmaz bunu anlamıştı. Beyninden vurulmuşa döndü. Aynada gördüğü yüzün ardından kendine dair öğrendiği diğer şey bu olmuştu. Ha! Bir de yatak odasındayken rakı masasında oturmayı sevdiğini ve büyük bir orkinos tuttuğunu öğrenmişti...

Dikkatlice yaşlı adamı incelemeye başladı. Adam hemen yanından geçmesine rağmen Ziya’yı görmemişti...

67

Ziya... Adım bu! Evet, Ziya!

Yaşlı adam masanın başına geçip pardesüsünü sandalyenin arkasına astı ve çantasını masanın üstüne bıraktı. O anda bir şimşek daha çaktı Ziya'nın beyninde. Yaşlı adam O'nun babasıydı. Fevzi...

"Baba..." kelimesi çıktı ağzından sadece. Arkasındaki gence dönüp onay istercesine sorar gibi tekrarladı: "Babam?"

Genç ortadan kaybolmuştu. Odada sadece Fevzi ve Ziya vardı. Çok da umurunda değildi Ziya'nın.

"Baba? Baba beni duyuyor musun?"

Babasının burnunun dibine kadar gitti ve ellerini gözlerinin önünde salladı görüp görmediğini anlamak için. Görmüyordu. Adamda tek bir hareket bile yoktu.

"Ziya! Neredesin lan sıpa?"

Derken genç çocuk çıkageldi. Yaşlı adam burnunun dibine kadar giren Ziya'nın el hareketlerini görmezken, genci görebiliyordu.

"He babam. Geldim."

Bu atak, hırslı, ileri görüşlü, zehir gibi delikanlı Ziya'nın gençliğiydi. Ziya şimdiki zamanda sıkışıp kalmış, geçmiş halini ziyarete giden bir zaman yolcusuydu sanki hangarın içinde.

Babasının sesi asabiydi. Genç Ziya'ya "Neredesin ulan? Yine geç kaldın!" diye azar çekiyordu.

"Geldim baba. Yapmıyorum uyuşukluk."

"Anan nerede?"

"Anam yok..."

"Eyi... Ne o lan astın yüzünü, düşmanına mı bakıyorsun gavat? Git şu amcanların getirdiği tatlıyı tabağa koy hele. Ağzım çamur gibi oldu."

Genç Ziya bir an yeltenecek gibi oldu ama sonra hatırlayıp elini kafasına götürdü.

"Anam 'Ellemeyin tatlıyı.' dedi. Akşama amcamlar gelecekmiş. 'Onlarla yiyeceğiz.' dedi."

"Oğlum, amcanın getirdiği tatlıyı amcana mı ikram edecek anan!? Kuş kadar aklınız yok, tövbe estağfurullah... Git getir, amcan da eliyle getirdiğini, ağzıyla götürmeyiversin..."

Celil bir anda babası ve gençliğini izleyen Ziya'nın yanında belirip kulağına eğildi.

"Hatırlıyor musun Ziya?"

Hatırlamıyordu...

Gözlerini masanın üzerindeki çantaya dikti. Celil durumdan zevk alırcasına konuşuyordu.

"Çanta tabii. Heh! Sus. En sevdiğim bölüm geliyor."

Ziya kafasını çevirip masaya döndüğünde babası genci omuzlarından tutup sarsıyordu. Masanın üstündeki çanta açık ve içi boştu. Yaşlı adam çaresizce yakınıyordu.

"Ziya para nerede!? Oğlum para nerede? Yapma, etme o karındaşının can parasıdır! Hiç mi Allah korkun yok?"

"Ben almadım baba..."

Genç Ziya'nın sesi titriyordu. Yaşlı adam inanmadı.

"Lan gardaşın..."

"Gardaşın gardaşın deyip durma be! Sen ne yaptın o çocuğa bilin mi? Pamuğa gönderdin, tarlaya gönderdin. Parayla mı kurtaracaksın çocuğu? Neyden kurtaracaksın? Ölümden mi? Herifi amele yaptın amele! Hangi amele için bu kadar para ödenir?"

"Oğlum yapma... Ölecek."

"Lan ölsün lan! Sığır gibin yaşayacağınıza alayınız geberin!"

Ziya, karşısında gördüğü gençliğinin ağzından çıkan bu

sözlere inanamıyordu. Bunları, O söylemiş olamazdı. O an gerçekten o odada babası tarafından görünüyor olsaydı bunları telafi etmek için elinden geleni yapardı. Oysa şu an yapabildiği tek şey izlemekti. İğrenç düşünceleriyle bürünen bu gençliğini izlemek...

Yaşlı adam bu sözlerin ardından oturduğu yerden kalktı ve okkalı bir tokat yapıştırdı gencin suratına. Ziya tokatın acısını yüzünde hissetti. Gençliği ise yüzünü eliyle tutup gülümsüyordu.

"Vay. Agaların agası, köyünün tek okumuş yazmış insanı Fevzi Aga... Sen değil miydin yahu bir tokatla ağaç deviren? Hayırdır ne oldu? Boynuz kulağı geçiyor değil mi?"

İnsan kendinden utanır mıydı? İnsan gençliğinden utanır mıydı? İşte Ziya tam da şu an tanımakta olduğu kendinden utanıyordu. Keşke her şey o bir karış aynada gördüğü gerçekliği kadar kalsaydı. Adını, gençliğini, yaptığı bu terbiyesizliği görmeseydi...

Genç ayağa kalkıp yaşlı adamın yüzüne sertçe vurdu. Fevzi sarsıntıyla sandalyeye yığılıp kaldı. Karşısında gördüğü bu sahneyle kendini tutamadı Ziya. Olduğu yerden fırlayıp genci tutarak yere fırlattı. Boştaki sandalyeyi kavradı ve gençliğinin kafasına geçirdi. Aynı acıyla yine kendisi de sarsılmıştı. Genç Ziya'nın başında kocaman bir yarık açıldı. İkisinin kafasından da kan akıyordu. Sıcak kanın, yüzünden yeni yapılmış bir vişne reçeli gibi akışının da etkisiyle gözleri karardı. Yavaşça yere yığıldı...

25. Dakika

Kağıt

Gözlerini açtığında karşısında yine o melek yüzlü kadın vardı.

"Çok güçlüsün, başaracaksın..."

Kafasını yattığı yerden sağa doğru çevirince yine babasını gördü. Bir sağa bir sola yürüyordu. Adımlarındaki telaş yüzüne de yansımıştı. Bir şeyler yapmak isteyen ama yapamayan bir ifade vardı yüzünde. Sonra birden durdu. Sanki kararını vermiş gibiydi. Masaya oturdu ve yazmaya başladı.

"Nurullah... Oğlum Nurullah...

23 yaşında evlendik ananla. Sen doğduğunda otuzumdaydım. Önce abin Ziya geldi. Bizim buralar böyledir. Bir oğlan evladı yetmez. Hatta bir evlat da yetmez. Abin

67

ilkokula başladığında sen düştün ananın rahmine. Babamın oğluyken, birden oğullarımın babası oluverdim. Elimde ne varsa size harcadım oğlum.

Hastalığını öğrendiğimizde yolun yarısını çoktan geçmiştim. Bir babanın nasıl çaresiz kaldığını bilir misin? Evine bir ekmek getiremediğinde değil, bir litre süt alamadığında değil. O evin içinde cıvıl cıvıl koşuşturan evladının yatalak olduğunu gördüğünde anlar baba çaresiz kaldığını.

Ben sizinle öğrendim babalığı. Ananız 9 ay 10 gün daha deneyimli benden. Çocukken bir kaç kez havale geçirdiniz, yüreğimiz dağlandı, üşüttünüz diye elimiz ayağımıza dolandı, azıcık öksürseniz acep nesi var deyiverip, telaşlanıp durduk. Hepsi geçti, atlattın o günleri ama felek ya işte geldi çattı kaşlarını yine bize. Bir evladımı kötü yola çekti seni de hasta etti, dağladı ciğerlerimizi. Eş dost kim varsa çaldık kapısını, yetmedi bir daha çaldık, artık kapılar yüzümüze açılmaz oldu. Oldu olacak derken zor bela toparladık tedavi parasını, 'Hayırsız oğlun ne alemde?' diye sorar oldular senden geçip. Senin derdine düşmüşken bir de Ziya'nın vefasızlığından dem vurdular yarama.

Hasta evlat babası olmak zor da, bir de vefasız evlat babası olunca işte...

Üstelik o vefasız; kardeşinin tedavi parasını çalıp çarçur edince o da koyuyor insana, bir çaresizken bin çaresiz kalıyor, vefasız demeye de hırsız demeye de dili varmıyor insanın...

Ne gücüm kaldı ne takatim, ne sevincim kaldı ne kederim; bir bir düğümlendi derdin, dertlerim boğazımda oğul.

Kızma bana, sövme arkamdan, vefasız abin de doğru yolu bulacak elbet, ama ben göremeyeceğim.

Bana bu dünya dar geldi, size geniş olsun.

Helal edin hakkınızı, kalın sağlıcakla oğul."

Babası bu satırları yazdı önündeki beyaz kağıda. Ziya'nin baktığı yerden önceden bembeyaz görünen kağıt, şimdi üzerindeki yazılarla birlikte siyaha çalan griydi. Yavaş yavaş toparlanıp ayağa kalktı. Yaşlı adam mektubu bitirmiş, gözleri yaşlı karşıya bakıyordu. Tam o sırada yine Celil çıkageldi elinde bir tabancayla. Ziya'nın gözlerine bakarak masaya doğru yürüdü ve elindeki tabancayı mektubun yanına koyup işaret parmağıyla Fevzi'ye doğru iteledi. Sanki tabanca değil de, çayına koyacağı bir çift şekeri uzatıyordu. Pis pis bakarak yanından uzaklaştı...

Yaşlı adam buruşmuş ve nasır tutmuş eliyle tabancayı

alıp namluyu şakağına dayadı. Ziya çaresizdi, elinden tek gelen bağırmaktı ama boğazı düğümlendi. Duymayacağını bile bile yalvarırcasına ağzından iki kelime çıktı.

"Yapma baba..."

"Affet oğlum."

Fevzi gözlerini sıkıca kapatıp titreyen eliyle tetiği çektiği gibi belden üstü masanın üzerine yığıldı. Ziya'nın yüzü kana bulanmıştı. Genç Ziya, tabancanın sesiyle yeniden belirdi odada. Babasının cansız bedenini masanın üzerinden iterek yere attı, altında kalan kanlı mektubu aldı ve sıcaktan bunalmış gibi yüzünü yellemeye başladı.

"Başımız sağ olsun. Babam diye demiyorum ha iyi adamdı. Gerçi o da zamanında oğluyuz diye demedi herhalde onca küfrü, oğluyuz diye yaşatmadı onca zulmü... Neyse... Allah mekanını cennet etsin. Eee, olmuşla ölmüşe çare yok, sıkma canını agam."

Bu kadar umursamaz, bu kadar vicdansız olduğuna inanamadı. Bu adam, kendisi olamazdı... Sinirinden yumruklarını sıkmış; şaşkın, nefret dolu gözlerle kendi gençliğine bakarken duvardan balyoz sesi duyulmaya başladı. Genç Ziya ve alaycı ses tonu karıştı balyoz sesine.

"Bak, en azından senin için çırpınan biri var."

Ziya bu sesle yerinden fırlayarak merakla camın yanına koştu. Alnını pencereye yaslayıp iki eliyle şakaklarından gölge yaptığında, sağ tarafta; hangarın dışında bir kadının balyozla duvara vurduğunu gördü. Bu kadın, ormanda takip ettiği Ege'ydi. Ege, yatak odası olduğunu düşündüğü odada uyandığında şifonyerin üzerinde gördüğü fotoğrafta, rakı masasında onunla birlikte oturan kadındı...

Kadın bir anda duvara vurmayı bırakıp Ziya'nın gözlerinin içine baktı. Tane tane, sanki bir sağırla konuşuyormuş gibi heceleyerek "Seni kurtaracağım." dedi. Ege'nin suratındaki ılımlı ve merhametli ifade ona birden umut oldu. Kadın, Ziya'nın bu odadan çıkış anahtarı olmuştu dakikalar içinde. Ondan ve onun güzel, merhametli suratından güç aldı. Fakat kadının surat ifadesi birden sertleşti. Hangarın dışında nöbet tutan kapüşonlular kadını fark etmişti. Kadın kaçmaya, kapüşonlular kovalamaya başladı.

Ziya heyecanla arkasını döndü. Babası ve genç Ziya artık orada değildi. Sadece masada Fevzi'nin yazdığı kanlı intihar mektubu duruyordu. Duruma pek şaşırmadı çünkü aklında sadece Ege vardı. Ege'nin varlığı, iki dakikalık görüntüsü ve tek bir cümlesi onu hayata bağlamış, dayanmak için tek sebebi olmuştu...

67

Masanın üzerindeki mektubu aldı, katlayıp cebine koyarken yerde babasının intihar ettiği tabancayı gördü.

Yavaşça eğildi, tabancayı aldı, beline soktu.

28. Dakika

Kurbağa

Bu hangardan nasıl çıkacağı hakkında en ufak bir düşüncesi dahi kalmamıştı artık. Aklında sadece Ege vardı. Ege'nin gelip onu kurtaracağından emin gibiydi. Bunu umuyordu. Beklemeye koyuldu. Camdan dışarı baktı önce bir süre umutla. Umudu azalınca geçti yatağa yattı. Saat kaçtı? Günlerden neydi? Kaç dakika boyunca o yatakta yattı farkında değildi. Kalkıp yatağın kenarına oturdu, babasının intihar ettiği tabancayı eline aldı. Yaşlı ellerinin tuttuğu kabzayı inceledi. Namluyu şakağına koydu, kendinden korkup geri çekti. Ağırlığını tarttı eliyle. Sol gözünü kapatıp, sağ gözünü namlunun ucuna koydu içine bakmaya çalışıp.

Yataktan kalkıp aynaya yöneldi. Tanımadığı suratını inceledi uzun uzun. Göz kapaklarının yanında oluşan kaz ayaklarında hangi anılar sıkışmıştı? Kaşlarını çatınca oluşan çizgiler hangi kızgınlıklarının, gülümseyince yanağının yanında beliren çukur hangi mutluluklarının eseriydi? Siyah saçlarının arasına serpilmiş beyaz saç tellerinde neler gizliydi? Hiçbir şey bilmiyordu. Hiçbir fikri yoktu.

Musluğa eğilip vanayı çevirdi yeniden. Borunun içindeki canavar bu sefer ses bile çıkarmadı. Bir damla su dahi akmıyordu musluktan. Arkasını dönüp gözlerini evrak dolabının cam bölmesindeki suya dikti. Aklına o an, az önce beline sokuşturduğu tabanca geldi. Tabancayı çekti ve dolaba doğru yöneltti. Sol koluyla yüzünü kapattı ve BAM! Namlunun ucundan çıkan mermi camdan sekerek yatağın demir ayağına çarptı. Oradan sekti odanın ortasındaki masanın bacağına çarptı ve en son cırcır böceğinin çıkardığı sese benzer bir sesle ayaklarının ucunda kalakaldı. Koşarak cam bölmenin yanına gitti sonucu görmek için ama olumsuzdu. Camda bir çizik bile yoktu.

Dolabı yan çevirirsem suya bir şekilde ulaşabilirim diye düşündü. Kollarını sıvadı. Ellerini duvarla dolabın arasına sokup var gücüyle itmeye başladı. Tüm gücünü kullanıyordu, öyle ki alnındaki damarlar daha bir belirgin olmuştu. Tüm uğraşlarına rağmen dolap yerinden en fazla iki santim kalkıyordu. Biraz duraklayıp gücünü ve zihnini yeniden toplamaya karar verdi. Odadaki tüm havayı içine çekercesine derin bir nefes aldı ve dolabı kaldırmaya çalıştı. Kolundaki damarlar patlamak üzereydi kuvvet uygulamaktan ama oluyordu. Dolap, uzun uğraşlar sonucu olduğu yerden kalkmaya başladı. Büyük bir çınar ağacı gibi yana yatıyordu. Tüm ağırlığıyla düşüyorken, tam da dolabın düşmek üzere olduğu yerde küçük bir kız çocuğu belirdi. Beyaz tenli, kıvırcık saçlı sevimli kız çocuğu korkuyla başını ellerinin arasına alıp Ziya'ya dehşet içinde bakıyordu.

"Baba, kurbağa!"

32. Dakika

Kayıp

Kızın çığlığının bitmesiyle beyninin içinde apayrı bir kapı açıldı, o kapıdan içeri doğru çekildi adeta. Şimdi bir hastane odasının dışında doktorla konuşuyordu. Doktor onu odasına davet etti. İtaatkâr adımlarla onu takip ederek büyük camlı bir odaya gittiler ve kapıyı kapattılar. Doktor lafı uzatmadan sadede geldi.

"Yani bu babadan oğula geçen bir hastalık değil ama genlerin ihtimali yükselttiğini hep gördük."

"Evet kardeşimi de bu yüzden kaybetmiştik."

"Öyle mi? Başınız sağ olsun..."

Küçücük kızının bedenindeki küçücük böbreği artık görevini yerine getiremiyordu. Yeni bir böbreğe ihtiyaçları vardı ama organ bekleyen yüzlerce kişi arasından sıra onlara nasıl gelecekti? Doktorun odasından çıkıp Ege ile konuşmaya başladılar. Kadının gözlerinde yaş birikmiş ama bir türlü akmıyordu. "Nasıl?" diye soruyordu durmaksızın. "Nasıl organ bulacağız, nasıl bekleriz aylarca? O zamana kadar Sude'yi kaybedebiliriz." Ziya kadını omuzlarından tuttu ve sarsmaya başladı. "Beklemeyeceğiz. Beklemeyeceğiz!"

Arkasını dönüp büyük hastane sedyesinin içinde küçüklükten kaybolmuş kızının yanına gitti. "Baba ne oldu?" dedi kızı.

"Yok bir şey kızım, sen oyuncağınla oyna."

Sude elindeki ayısını yere düşürmüş, iki elini önünde birleştirmiş öylece yatıyordu. Eğildi, yerden oyuncağını alıp eliyle silkerek ona geri verdi.

"Oy canım benim, oyuncağını mı düşürdün sen? Canım kızım seni çok seviyorum biliyorsun değil mi?"

"Ben de seni çok çok çok çok çok seviyorum."

"Bir öpücük ver bakalım babaya..."

Ziya yatağın baş ucuna gidip kızının saçını okşayarak ona doğru yaklaştı, öpmesine fırsat bile vermeden yanağını kızının küçük dudaklarına dayadı.

"Oh, güzel bebeğim benim. Sude'm..."

67

Telefonu çalınca hızlı adımlarla odadan çıkarak kapıyı kapattı ve odadakiler duymasın diye telefon ile ağzını avucunun içine alarak konuşmaya başladı.

"Yakup'unki uygun. Evet evet, uygun. Onu hemen halledelim..."

34. Dakika

Kelepçe

Gözlerini kırparak yeniden kendine geldi. Beyninde canlanan bu anıları, düşmek üzere olan dolabın altındaki kızın kim olduğunu ona hatırlatmıştı. Göz bebekleri büyüdükçe büyüdü dolabın düşüşüne bakarken. Kilolarca ağırlıktaki dolap, kızının üstüne düşmüştü.

"Sude!"

Hemen yere eğilip dolabı kaldırmaya çalıştı.

"Ne yaptım ben? Sude, babacığım ses ver!"

Bir siperin arkasındaymış gibi eğilmiş dolabı kaldırmaya çalışıyordu. O sırada odanın içinden silah sesleri gelmeye başladı ve mermiler dolu yağarcasına dolaba çarpıyordu. Kafasını korkarak dolabın üzerinden çıkarttı. Odanın diğer köşesinden mermi yağmuru vardı.

67

Bir savaşın içindeydi ve siper olarak kullandığı dolabın altında küçük kızı yatıyordu. Yanından bir adam sesi yükseldi.

"Olumsuz olumsuz... Takipteki yemden ayrı bir grup var... Grup var... Anlaşıldı mı Atmaca dokuz?"

Omzundaki apoletinde parlayan üç yıldızıyla bir yüzbaşı, odanın diğer ucunda olması gereken yatağın yerinde duran kayalıkları siper almış telsizle bir şeyler anlatmaya çalışıyor, bir taraftan da ateş ediyordu. Telsizden cızırtılı bir ses yükseldi.

"Atmaca dokuz cumhur altı... Bulunduğunuz bölge temiz hareket yok... Hareket yok..."

Yanında diğer askerler de belirdi bir anda. Bir asker telsize konuştu.

"Komutanım ilerleyemiyoruz..."

Yüzbaşı, yoğun mermi ateşinden siperden kafasını dahi çıkaramıyordu. Sırtını siper edindiği kayaya yasladı yeniden telsizi eline aldı.

"Atmaca dokuz... Bulunduğunuz alan bölgeye hakim değil... Yoğun ateş var, tekrar ediyorum yoğun ateş var... İvedilikle kobra desteği gerek görünüyor... Cephane sıfır! Cephane sıfır!"

İçinde bulunduğu oda birden savaş alanına dönmüş ve ne yapacağını şaşırmıştı. Yine hayal gördüğünü düşündü ama dolaba çarpan mermi sesine bakılırsa bu mümkün değildi. Kafasını tekrar kaldırarak yüzbaşıyı izlemeye başladı. Nereden tanıyordu onu? Neden şimdi bu kabusun içine düşmüştü?

Yüzbaşı, Ziya'nın kafasını gereğinden çok yukarı çıkardığını fark edince eliyle *gel* işareti yaparak bağırdı.

"Oğlum indir kafanı ne yapıyorsun? Buraya sürün hemen!"

Ona baktığından emin değildi Ziya. Etrafına bakındı ilk önce, sonra "Ben mi?" dercesine iki eliyle kendini gösterdi.

"Lan oğlum sen, sen! Çabuk buraya sürün! Ne yaptığını sanıyorsun. Sürün lan!"

Yere yatıp, bir taraftan da iki eliyle kafasını korumaya çalışarak kayalıkların olduğu yere doğru süründü.

"Kaldırma kafanı. Yat oraya. YAT! Çok yakından geliyor çok. Ters düştük... Fena.... Çok fena..."

Yüzbaşının elindeki telsizden kesik kesik sesler yükselmeye başladı. "Atmaca dokuz cumhur altı. Yüzbaşım bulunduğunuz bölge temiz. Grup bir kilometre batınızda imha edildi. Bulunduğunuz bölgede yalnız üç beş köylü var. Temkinli olun, sivillere zayiat verdirmeyin... Tekrar ediyorum bölge temiz..."

Yüzbaşının kaşları iyice çatılmıştı.

"Olumsuz... Olumsuz, ateş çok yakından geliyor yanlış görüntüdesiniz."

Telsizden bulundukları noktayı net bir şekilde gördükleri bilgisi geçildi ama bu ateş çemberinde böyle bir şey mümkün değildi. Her yönden saldırı devam ediyordu. Telsizdeki ses ya yanlış mevki görüyordu ya da siperden çıkmaları için bir oyun kurmuşlardı.

"Ulan Heron'a[3] mı inanacağım, kafama gelen mermiye mi? Ateş altındayız burada oğlum!"

Karşıdaki ses ne demek istediğini anlamamıştı. Yüzbaşı, Ziya'ya dönerek çaresiz ama kararlı ses tonuyla konuştu.

"Mermiler bittiğinde şehidiz aslanım. Allah günahlarımızı affetsin..."

Derken tavanın olması gerektiği yerdeki bulutsuz gök yüzünden paraşütle bir yardım kolisi inmeye başladı. Elini gözüne götürerek gölge yapan Ziya, kolinin üzerinde yazan "TC Yardım Kolisi" yazısını açıkça okuyabiliyordu. Koli tam yanlarına düştü. Yüzbaşı koliyi

---

[3] İsrail havacılık sanayi yapımı insansız hava aracı.

görünce umutlanarak iki elini içine daldırdı. Kolinin içinde metal sesleri şıngırdamaya başladı. Anlamsızca bakıştılar. Yüzbaşı şaşkındı, ellerini koliden çıkarttığında aynı şaşkınlığı gördüğü sahne karşısında Ziya da gösterdi. Yüzbaşının elleri kelepçelenmişti.

"Vay arkadaş... Bu kadar mı be!?" dedi yüzbaşı.

Ziya tam yüzbaşının ellerindeki kelepçeyi çıkarmaya yeltenecekti ki adam geri çekilip emir verdi.

"Aslanım çabuk tüfeği al ateş et. Vurduk sanırlarsa yaklaşıp el bombası atarlar."

Babasının intihar ettiği tabancayı alıp incelemeye benzemiyordu tabii bu. Korktu. Kafasını iki yana salladı. Nasıl tutacağını bile bilmiyordu tüfeği. Bir de ateş edecekti he?

"Yok, yapamam yüzbaşım. Ateş edemeyeceğim ben."

"Lan al oğlum bak herif geliyor, yemin ederim geliyor. Ateş et lan, ateş et!"

İyice kayalıkların arkasına pıstı Ziya. *Yapamam, yapamam...*

Yüzbaşı, kelepçeli elleriyle üniformasından çıkarttığı savunma tipi el bombasını aldı ve iki eliyle ağzına götürerek pimi çekip mermilerin geldiği yöne doğru fırlattı. Ziya gürültünün ve çıkan toz bulutunun etkisiyle yine yüzünü kapattı.

67

Gözlerini açtığında terörist kılıklı bir adam tam karşılarında duruyordu. Daha patlamanın yarattığı toz bulutu dağılmadan terörist atlayarak yüzbaşı ve Ziya'nın bulunduğu kayalığın üzerine çıktı ve Kalaşnikof'undaki tüm mermiyi yüzbaşının üzerine boşalttı. Adam her bir mermi girişinde, elektroşok yemiş gibi yerinden sıçrıyordu. Tüm mermiyi boşalttıktan sonra Ziya ile göz göze geldi ve alaycı ses tonuyla gülümseyerek ellerini havaya kaldırdı.

"Pişmanım, pişmanım..."

Ziya, pustuğu yerde korkudan titrerken birden teröristin tepesinde yoğun bir spot ışığı belirdi. Nereden geldiği belli olmayan ama oldukları yeri saran uğultulu bir ses yükseldi.

"Ve pişmanım diyor!"

Şaşkınlıkla olduğu yerden hareket bile edemezken birden odaya davul ve zurna çalan iki adam girdi arkasında büyük bir kalabalıkla. Kalabalık, davul zurnanın çalmasıyla iyice coştu. Ellerindeki karanfilleri teröristin üzerine atmaya başladılar. Kaşlarının arasında anlam veremediği bir dövme olan kadın gelip az önce yüzbaşının üzerine mermiler yağdıran teröristin alnından öptü. Diğer taraftan çıkagelen yeşil elbiseli kız, çocuğun elini sıktı. Kalabalık bir ağızdan "Helal sana! Özgürlük savaşçısı, helal!" diye bağırıyordu. Birkaç kişi gelip teröristin elinden tuttu ve onu odanın ortasına çekerek etrafına dizilip halay çekmeye başladılar. Ağızlarından tükürük saça saça çalan müziğin üzerine şarkı söylüyorlardı.

Ziya'nın duyduğu hareketli davul zurna ritmi yavaş yavaş düşüp acıklı bir melodiye dönüştü. Gözlerini kapatıp açarak çevresindeki bu haksız sevincin artık yok olmasını istiyordu. O esnada hemen dibinde bir hıçkırık sesi duydu. Arkasını döndüğünde yaşlı bir kadının kanlar içinde yatan yüzbaşının yüzünü silmeye çalıştığını gördü. Bir taraftan gözünün ucuyla odanın ortasında halay çeken kalabalığı kolluyordu. Kadın hıçkırıklarının arasında aldığı nefesiyle var gücüyle bağırdı.

"Senin yüzünden! Senin yüzünden!"

Artık adını biliyordu, kızını ve eşini biliyordu, kardeşine yaptığı hainliği; babasının ölümüne neden olduğunu biliyordu. Hepsini görmüştü ve hatırlamıştı ama bunun ne olduğunu bilmiyordu. Kadının gözlerindeki yaşa baktı. İnanmıştı ona. Evet, onun yüzündendi...

67

37. Dakika

Karadelik

Çok da kötü başlamamıştı ilişkileri. Birbirinin gözlerinin içine bakarak edilen romantik sözler, yapılan sürprizler, kahkahalar içinde yenen akşam yemekleri... Bir ilişkinin, gerçekten birbirini seven iki kişinin paylaştığı bir hayatın ilk yıllarında her şey çok güzeldi. Ne olduysa 2004 yılında oldu, o yıl ilişkilerinde bir karadelik açıldı.

Bu karadeliğin etkisi yıllar sonra, şimdi oturdukları çay bahçesinde yeniden kendini gösteriyordu.

Göl kenarında ahşap bir masada Ege ile oturuyorlardı. Ege'nin yüzünde ağlak bir ifade vardı. Konuşmaya çalışıp konuşamıyorlar gibiydi. Derin iç çekişler arkası arkasına geliyordu. İlk sözü Ege söyledi.

"Senin yüzünden. Hatırlıyor musun 2004'ün Aralık ayını? 17 Aralık hatta. O günleri hatırlıyor musun?"

Hatırlıyordu. Sessiz kalarak uzaklara bakmayı tercih etti Ziya. Gökyüzündeki martılar gelecek kötü cümlelerin haberini verircesine çığlık atıyordu. Ege devam etti.

"Tamam, kimse ilk anlarındaki gibi olamaz, zaman ilerledikçe değişir ama... Ama sen bambaşka bir adamdın o zamanlar Ziya... Hep sürprizler yapardın bana, böyle gözlerimin içine içine bakardın konuşurken... Ben senden ilk günler gösterdiğin ilgiyi beklemedim ki hiçbir zaman. Ben sadece..."

Sözünü bitiremedi. Çaresizce kendini anlatmaya çalışırken çırpındığı kollarını saldı sadece öylece pes edercesine. Bir türlü söylemek istediğini söyleyemiyor, filtreden geçirmeye çalışırken de yoruluyordu. Ziya kaşlarını çatmıştı Ege bunlarla uğraşırken. Lafı Ziya aldı.

"Sen sadece kafanda hayal ettiğin karakteri bedenime yerleştirmek istedin... Peki sen aynı mısın Ege? Kafanı yorma, ben de hatırlıyorum 2004'ün 17 Aralığını. Sen şu anda kıçına yer yapıyorsun."

"Doğru konuş benimle! Senin karşında emir yağdırdığın adamların yok!"

Ziya iyice sinirlenmişti. Gözü Ege'nin oynadığı yüzüğüne takıldı. Konuşmaya başladığından beri söylediklerinden sonra gelecek talebin farkındaydı. *Boşanalım* diyecekti Ege. "Sonuca bağlasana!" dedi. "Yolla avukatını avukatıma bitsin gitsin neyi uzatıyorsun? Neyi?"

Bu cümleleri söylerken ne kadar ukala olduğunun farkında değildi. Ege gözyaşlarını tutmaya çalışıyordu dişlerini sıkarken.

"Sana aşık olduğum için kendimden nefret ediyorum!"

"Etme o zaman nefret falan. Aşık olduğunla kal, otur dizinin üstüne. Ha, ille boşanacağım diyorsan; o zaman çocuğu bir daha göremezsin."

Ege, aşık olduğu adamın bu hâle geldiğini görünce gözyaşlarını dizginlemekte bir kez daha zorlandı. Elindeki sigarası söndü sönecekti; elleri titreyerek masanın üzerindeki küllüğe uzandı, sigarasını söndürdü. Ziya ise hiçbir şey olmamış gibi masanın üzerinde duran gazeteyi alıp açtı ve okumaya başladı.

İki dakika sonra Ziya kafasını gazeteden kaldırmadan konuştu.

"Bu sizin Ubıhça konuşulmuyormuş artık. Nesli tükenmiş..."

39. Dakika

Kalın cam

Bir anda kendine geldi. Gözlerini açtığında yeniden aynı odadaydı. Şimdi kendisi hakkında hafızasına bir şey daha eklenmişti. Uğruna öleceği, uğruna gözünü kırpmadan öleceğini düşündüğü kadına neler yapmıştı böyle? Ege'yi canı gibi seviyordu. O'nu canı gibi sevdiğini de o an anlamıştı ama nasıl olurdu da bu cümleleri böyle umursamaz söyleyebilmişti? Beyninin bir yerinde hâlâ bir şeyler eksikti.

Gözü yine dolaptaki suya takıldı. Dolap devrilmişti ama su dolu şişe ve ekmek yer çekimine meydan okurcasına dolabın içinde dimdik duruyordu. Duvardan gelen balyoz sesiyle su da titremeye başladı. Ziya fişek gibi yerinden fırladı "Aşkım!" diye seslenerek. Camın yanına geldiğinde yine Ege'yi balyozla duvara vururken gördü. Elini cama koyduğunda Ege de O'nu fark etti ve balyozu yere koyarak camın yanına geldi. Ziya, biraz evvel hatırladığı geçmişinden dolayı biraz mahçuptu...

"Ege... Ege'm... Aşkım... Her şeye rağmen bırakmadın beni. Senden binlerce, milyonlarca kez özür dilerim. Affet aşkım, affet..."

Birbirlerinin sesini zar zor duyuyorlardı kalın camın ardından. Ziya, Ege'nin dudaklarını okudu...

"Seni seviyorum..."

43. Dakika

Kambur

Hafıza, sırtımızda taşıdığımız seyahat çantasıdır aslında. Sonsuz hayat döngüsünün içinde her gün, her dakika yenileri eklenir de kamburu çıkar insanın onu taşıdıkça. Zamanla bazılarını atmak zorunda kalır ilerleyebilmek için. Hiç vazgeçemedikleri vardır bir de, her gün elinin altında olsun, istediğinde hemen ulaşabilsin ister insan...

Ziya'nın çantası henüz bomboştu. Şimdiye kadar doldurdukları ise kambur olmasına yeter de artardı. Bir güzel anısı yoktu geçmişine dair hatırladığı.

Beyninin odalarının kapısı bir bir açılıyor, her seferinde hüsranla yine kendini aynı hangarın içinde sıkışmış buluyordu.

Şimdi ise, bir kamyonu kullanıyordu. Artık öğrenmişti ne yapması gerektiğini. Bu korkunç kabus bitinceye kadar -ki biteceğinden emin değildi- kendini rüya psikolojisine bırakmıştı. Radyoda arabesk bir şarkı çalıyor ve Ziya tüm konsantrasyonu ile direksiyona tutunmuş, pür dikkat yolu takip ediyordu. Yanında bir adam vardı. Adam durmaksızın konuşarak radyoda uzun hava okuyan şarkıcıyı bastırıyordu. Uzandı, radyoyu kapattı. Küçücük kamyon kabini içinde iki kaba ses fazla gelmişti.

Adam çocuğundan bahsetti önce. Gençler takımına yazdırmış oğlunu. Ah bir vuruşu varmış topa, can yakarmış. Bir de karısı varmış. Çok özlemiş onu da. Hayatı yollarda geçen adamların yegâne muhabbeti dönüyordu kamyonun içinde.

Herkes birini özlüyordu, teker döndükçe herkes sevdiğinden biraz daha uzaklaşıyordu.

"Var mı senin de çocuğun?" diye sordu adam kendini anlatmaktan vazgeçip Ziya'ya dönerek.

"Var bir kızım. Adı Sude."

"Allah bağışlasın."

"Sağolasın..."

Hayat kolay değildi yan koltukta oturan adama göre. Yine kendinden bahsetmeye başladı. Direksiyona dokunduğu kadar karısına dokunmamıştı mesela. Evladının yüzünü görmemişti dikiz aynasında asılı bebeklik ayakkabılarını gördüğü kadar. Cebinden cüzdanını çıkarıp içindeki fotoğraf tomarından bir tanesini seçti, Ziya'ya uzattı.

"Bak amcası, zehir zehir."

"Maşallah... Çok yakışıklı babası."

"Öyledir koçum benim. Bakarsın ilerde senin kızı alırız ha?"

"Kısmet birader, kısmet de bizden kız almak öyle kolay değildir."

Oğlanın fotoğrafının altında kısa saçlı bir kadının vesikalığı vardı. "Yenge mi?" diye sordu Ziya. Öyleydi. Kavuşamamışlar ilk başta, kayınpeder kızını vermemiş. "Senden iyi olmasın pek zor verdi kızını." diye takıldı adam. Kaçacaklarmış az kalsın da son anda ikna olmuş peder bey. Maceralı aşk hikayesini bir de nasihatla noktalandırmak istemiş olacak ki ekledi adam "Sen, sen ol kardeş ilerde kızının sevdiğine, aşkına şart koşma, engel olma. Öyle bir günahın altına girme." diyerek. Kafa salladı Ziya, söyleyecek bir şey bulamamıştı ama o gergin sessizlik ortamını da yaşamak istemiyordu. Arkalarından gelen polis sireninin sesi de buna izin vermedi zaten.

"Bize mi çalıyor o?"

Ziya, dikiz aynalarından arkasına bakmaya çalışırken

yanında oturan adam panik halinde kafasını camdan çıkarmış ve polisin onlara siren çaldığına emin olmuştu.

"Bize çalıyor bize... Eyvah ulan. Yapmayın bunu bize yav, yapmayın yav!"

Ziya kamyonu sağa çekmek için direksiyonu çevirmeye başladığında adam daha da panik oldu. Kamyonu durdurmak istemiyordu.

"Dur dur, sakın çekme kenara."

"Ne yapacağız? Kamyonla polisten mi kaçacağız? Sakin ol, bir duralım anlarız dertlerini..."

"Kardeş bunların derdi belli. Allah'ın unuttuğu yerde ne çevirmesi bu? Kesin yükümüzde bir pislik var... Kesin."

"Varsa var, bu bizim sorunumuz mu birader? Malın sahibi düşünsün."

"Kardeş yapma diyorum, durma devam et Allah aşkına! Sen bugüne kadar hangi patronun hapse girdiğini gördün? Olan hep biz garibana olur..."

"Yapma, etme. Bu memleketin hakimi var, savcısı var..."

"He kardeş. Var..."

Bu konuşmalar olurken polis hâlâ kamyonu takip ediyor, Ziya korkuyla karışık gaza yükleniyordu. Adam gömleğinin cebine koyduğu telefonunu çıkarttı, bir numara çevirip telefonu kulağına götürdü. on saniye sonra geri çekti, birkaç tuşa basıp yine kulağına götürdü. Anlaşılan karşı taraf telefonu açmıyordu. Ziya iyice kıllandı.

Polis "dur" ikâzı vermeye başladığında adam bir kez daha arama yapmayı denedi ama nafile. Sitemle bağırdı.

"Vallaha açmıyorlar. Bu iş bize patlar..."

Polis ateş etmeye başladı. Ziya iyice korkmuştu. Yeniden sağa çekmek için hamle yaptı ama yanında duran adam sol eliyle direksiyona müdahale edip iki şeridin arasına soktu yine kamyonu. "Duramazsın! Durma sakın, aileme gideceğim ben. Bas!" diye bağırıyordu.

Ziya korkup frene basmak için hamle yaptığında kendini yolcu koltuğunda, yanındaki adamı da sürücü koltuğunda buldu. Adam "Benim adım Hamza ulan. Ben öyle kolay pes etmem!" diye bağırdıkça gaza da daha çok asılıyordu. Kamyonun hızı arttıkça arkadan gelen polis anonsunun şiddeti de artıyordu. Ziya korkuyla kafasını arkasına çevirdiğinde polis otosunun içinde oturanın Celil olduğunu fark etti. Bir eliyle direksiyonu tutarken diğer elinde tuttuğu mikrofonu ağzına dayamış alaycı bir sesle Ziya'nın gözlerinin içine baka baka konuştu

67

Celil. Kızgın da değildi, aceleci de. *Ziya. İbnelik yapma oğlum. Çek kenara...*

Ziya, Celil'in yüzüne bir kez daha bakıp önünü döndüğünde kamyonun üzerine kayarak gelen bir araba gördü. Arabanın içinde Ege, Sude ve kendisi... Kamyon ve araba büyük bir hızla çarpışmadan önce gördüğü son şey kendi gözlerinin karşı arabadan ona korkuyla baktığıydı...

46. Dakika

Kesik

Gözlerini açmadan, kulağına ilk önce bağlama sesi geldi. Kamyon çarpmışa dönmüştü. Hatta öyle de olmuştu zira ama yine aynı odada buldu kendini. Gözlerini açtı. Karşısında duran masadaki üç kişiden biri bağlama çalıp türkü söylüyor, diğer ikisi ise rakı içip sessizce onu dinliyordu. Adamlardan biri Ziya'ya bakıp "sessiz ol" dercesine parmağını dudaklarına götürdü sonra da aynı eliyle "gel" işareti yaptı. Ziya sessizce toparlanıp masaya geçtiğinde boş duran kadehe rakı koyup önüne itti yine aynı kişi sessizce. Mahcup oldu nedense. Bağlama çalan adamın sesiyle hüzünlendi nedensiz. Misafir gibi olduğu yerde omuzları düşük oturmaya başladı.

Odada birinin daha olduğunu fark etti az sonra. Bu, kendisiydi. Astral seyahatteymiş gibi, odanın içinde

67

gezinen kendine baktı sakince. Artık başına gelenlere şaşırmıyordu bile. Diğer Ziya yatağı toplamaya başladı. Masada oturan Ziya'nın aksine oldukça hareketli ve telaşlıydı. Sonra yatağın ayak ucunda duran çantasının ön cebinden parfüm çıkarıp üstüne sıktı birkaç fıs. Masadakiler hâlâ diğer Ziya'yı görmemişti.

Kapı açıldı ve içeri bol makyajlı, mini etekli güzel bir kadın girdi. Diğer Ziya'nın az önceki telaşının nedeni anlaşılmıştı. Kadını kolundan tuttuğu gibi kendine çekti girer girmez. Öpüşmeye başladılar. Kadın, kemerini çıkarttı ve diğer Ziya'nın pantolonu bacaklarından kayarak aşağı indi. Bileklerinde toplanan pantolonu çıkartıp ileriye fırlattı öpüşmeye devam ederken. Pantolon Ziya'nın tam ayak ucuna düştü. Fırlatmanın etkisiyle arka cebinde duran cüzdanı da yere düşmüştü. Ziya, kafasını eğip açık duran cüzdana baktı. Ege'nin vesikalığı duruyordu orda. Diğer Ziya odanın bir köşesinde sevişmeye devam ederken ona bakamıyordu. Ege'nin fotoğrafına bakıp donakalmıştı. Hem kendini sevişirken izlemekten irite olmuştu hem de Ege'yi düşünüyordu. Ona yaptığı bu haksızlığı düşünüyordu.

Kafasını kaldırdığında camdan Ege'nin onları izlediğini gördü. Yüzünde bacağı kesilmiş bir köpeğin bakışlarından bile daha acı bir ifade vardı. O an masadan kalkıp diğer Ziya'yı durdurmak istedi. Ona şöyle Allah ne verdiyse girecek, Ege'ye neden bunu yaptığının hesabını soracaktı. Yeltenir gibi olduğunda masada oturan adam Ziya'yı kolundan sıkıca tuttu ve yine "sessiz ol" işareti yaptı. Yine eli kolu bağlanmıştı.

Cama döndü tekrar. Ege bu sefer Ziya'nın gözlerinin içine bakıyordu göz pınarlarından akan yaşlarla. *Pişmanım!* diye haykırası geldi önce ama duyuramayacağını biliyordu. Omuzlarını yukarı kaldırıp kafasını sağa sola çevirebildi sadece. Bağlama çalan adam "Ah yalan dünya..." diyordu tam da o an. Ege yavaşça ellerini kaldırdı ve Ziya'yı alkışlamaya başladı. Türkü de bitmişti bu esnada. Masadaki adamların alkış sesleri Ege'nin alkışına karıştı.

Masadaki adam dirseğiyle Ziya'yı dürttü alkış bitince. Dönüp adama baktı. Bir şey demeden yeniden Ege'ye döndü ama karısı artık camda değildi. Adamlardan biri lafa girdi masadaki kadehi göstererek.

"E hadi. Tek yudum almamışsın rakıdan ortağım. Olmaz ama böyle bak. Benim kuralım bu, ikram ediyorsam içeceksin. Sen benim kim olduğumu biliyor musun?"

"Bilmiyorum. Kimsin?"

"Hayda... Yakup ben. Bilirsin. Sen, senin kim olduğunu biliyor musun?"

67

"Ziya'yım ben..."

"Öyle değil ortağım, ne iş yaptığını biliyor musun?"

"Bilmiyorum."

"Peki. Ne diyeyim?"

Yakup, masada duran diğer iki adama gözüyle işaret yaptı, hep birlikte ayağa kalkıp yürümeye başladılar. Odanın ortasına gelince diğer iki adam yürümeye devam etti ve gözden kayboldu ama Yakup geriye dönüp sordu.

"Senin şu ufaklık. Ahu muydu? Ceren miydi?"

"Sude."

"Heh, Sude. Onun bir hastalığı vardı. Organ mı lazım olmuş ne olmuş? Ne yaptınız o işi? İyileşmiş diye duydum ama çabuk bulmuşsunuz organı, normalde imkansız çünkü... Biliyorum sıra filan oluyor."

Ziya kendi hayatı hakkında yeni öğrendiği gerçekliği şimdi tanımadığı bir adamın ağzından dinliyordu. Sahi, ne olmuştu Sude'ye?

Odadan çıkan adamlar üzerlerinde ameliyat önlükleriyle ve sedye ile geri döndüler. Sedyenin üzerinde yeşil bir örtü serili, altında ise birinin yattığını belli eder derecede bir kabartı var. Gelip, sedyeyi Ziya'nın önüne bıraktılar ve cevap vermesini beklediler kollarını bağlayıp.

"Hallettik çok şükür." dedi Ziya.

"Nasıl?"

Bilmiyordu ki nasıl? "Yani... Orasını hatırlamıyorum." diyebildi.

"Çocuklarımız çok önemli ortağım. Canımızın parçası. İyi, iyi yine Allah korumuş. Allah sıralı ölüm nasip etsin."

"Âmin..."

Yakup, ellerine ameliyat eldivenini geçirmeye başladı. Bir taraftan da konuşmaya devam ediyordu.

"Biz evde her telefon çalışında deliriyorduk heyecandan biliyor musun? 'Kesin hastaneden arıyorlar, organ bulundu' diye ümitleniyorduk. Benim hanım... Hâlâ her gün uzun uzun telefonu izliyor ortağım. Bizi hiç aramadılar..."

Konuşurken başına boneyi de takmıştı. Cümlesi bitince bir iç çekti, gidip sedyenin üzerinden neşteri aldı.

"Hani yavrumuza 'senin için dünyayı yakarım' deriz ya... Hiç düşünmeyiz be ortağım, o yaktığımız dünyada bizimkinden hariç kaç tane daha yavrucak var diye. Kaç tane daha ana baba var... Öyle kolay yakarız dünyayı... Benim kızın cenazesini morgdan alırken sordum dok-

67

tora 'bu organ sırasının hiç ihtiyacı olana geldiği oldu mu?' diye. Öyle baktı boş boş... Sen bizim sıramıza kaynak yaptın ortağım..."

Ziya'nın gözbebekleri büyüdü duydukları karşısında. Konuşacak oldu, aklından binlerce bahane geçti kendini haklı çıkarabilmek için ama hiçbir şey yaptığını değiştirmezdi. Konuşamadı... Adam diğer eliyle sedyenin üzerindeki örtüyü kaldırdı. Sude. Kızı, baygın bir şekilde sedyede yatıyordu. Telaşla yerinden fırladı Ziya. Sude'nin göbeği açık; üzerinde de ameliyata kılavuz olacak çizikler, işaretli yerler var. Diğer iki adam omuzlarından tutarak Ziya'yı sabitledi ve kızının yanına gitmesine engel oldu. Yakup neşteri Sude'nin iman tahtasına dayadı ve aşağıya doğru kesmeye başladı.

HAYIR!!!

Delirmiş gibi çırpınmaya başladı Ziya ama adamların elinden kurtulamıyordu. Yakup kesik attığı yerdeki kanları temizleyip kafasını O'na kaldırdı.

"O yüzden, benim olanı şimdi senden geri alacağım..."

Ziya var gücüyle diğer iki adama karşı direniyordu. Sağ arkasında durandan kurtulmak için dirsek attı. Adamın olduğu yerden bir kadın sesi geldi.

"Ay dikkat etsene manyak!"

Ne olduğunu anlamak için panikle arkasına döndüğünde kadınla çarpıştı. Umurunda değildi. Sude'nin yanına koşmak için kadını savurup aniden önüne döndü. Bu sefer de önünde üç kişi duruyordu. Etrafına bakındığında odanın insanla dolu olduğunu gördü. Odada adım atacak yer kalmamıştı insandan.

O, daha neler olduğunu anlamadan yüksek sesli bir elektro müzik çalmaya başladı bangır bangır. İnsanları yararak sedyeye doğru ilerlemeye çalıştı. Herkes kendini müziğin ritmine bırakmış dans ediyordu. Yeraltı barlarından birine girmiş gibiydi. Öpüşenler, dilden dile uyuşturucu hap alanlar, çığlık atanlar... Hepsini yararak sedyenin olduğu yere gitti. Sude de yoktu, Yakup da. Sedyenin üzerine yemekler konmuş, insanlar etrafında toplanmış yemek yiyordu. Yemek yiyen adamlardan biri "Gel moruk." dedi. Yanındaki kadın Ziya'dan tepki gelmeyince ısrar etti.

Beyni patlayacakmış gibi hissetti. Elektro müziğin sesi sanki gitgide artıyordu. Omuzları düştü yine. Pes etmişti. Şu hangarda yaşadığı saatler bir ömür gibi gelmişti. Çok yorgundu. Hiçbir şey söylemeden yine kalabalığı yararak yatağına ulaşmayı başardı. Odada adım atacak yer yoktu ama yatağı bomboştu. Kendini yatağa attı. Elleriyle kulaklarını kapadı ve bir bebek gibi ağlamaya başladı. Gözlerini yere dikip dans eden insanların ayaklarına bakıyor ve hıçkıra hıçkıra ağlıyordu...

Kalabalığın arasından sıyrılarak yanına doğru gelen bir çift ayak gördü o sırada. Kafasını kaldırdığında gördüğü kişi Ege'ydi. Sonunda duvarı balyozla kırmayı başarmış ve odaya girmişti. Ege, eğilip Ziya'nın ellerini tuttu.

"Gidiyoruz."

Yattığı yerden sevinçle fırladı. Elele tutuşup odadan çıkmaya çalıştılar. Onlar yürüdükçe tüm kalabalık kafasını çevirip Ziya'ya bakıyordu. Celil, tecavüz eden kadın, Yakup, Hamza... Hepsi o kalabalığın içindeydi. Bu kabus başladığından beri gördüğü herkes hangarın içinde toplanmış, şimdi Ege'nin elini tutarak kaçmaya çalışan Ziya'ya dik dik bakıyordu.

49. Dakika

Kaçış

Balyozla kırılmış duvarı gördüğünde daha bir sıkı tuttu Ege'nin elini. Duvarda açılmış delikten beyaz bir ışık süzülüyordu insanla dolu hangarın içine. Önce Ege geçti delikten. Dışarı çıkıp üstünü silkeledi ve elini Ziya'ya uzattı. İnsan kalabalığına ayakları çarparak çıktı delikten ve el ele tutuşup uzaklaşmaya başladılar. Önlerinde sık bir ağaçlık vardı. Oraya doğru koştular. Koştukça arkadaki müziğin sesi de azalıyordu. Ağaçlığa vardıklarında Ziya durup belindeki tabancayı çıkarttı. Ayaklarının bağı çözülmüş, dizleri titriyordu. Kendini yere sabitlemeye çalıştı ve silahı duvardaki deliğe doğru tuttu. Elleri titriyordu. Ateş etse de vurması bu halde imkansızdı. Ege kolundan tuttu.

"Ziya lütfen hadi... Gitmemiz lazım, ne olur yapma."

67

"Peşimizden gelmelerine izin vermeyeceğim!"

"Peşimizde olanların orada olduğunu sanmıyorum Ziya. Hadi..."

Ziya, Ege'nin ne ima ettiğini anlamak istercesine önce yüzüne, sonra kafasını çevirip duvardaki deliğe yeniden baktı. Vurmakta kararlıydı ama Ege kolundan tuttuğu gibi ağaçlıkların arasına çekti Ziya'yı. Sık ağaçlığın içinde süratle koşmaya başladılar. Ziya durmaksızın arkasına bakıyor, birilerinin onları takip edip etmediğini anlamaya çalışıyordu. Biraz daha ilerlediklerinde az ötelerindeki bir ağacın arkasında durmuş onları izleyen kapüşonluyu gördüğü gibi rastgele ateş etmeye başladı. Ege ise kolundan çekmeye devam ediyordu.

"Ziya lütfen. Duramayız lütfen!"

Ziya durup ağacı daha iyi hedef almaya çalıştı. Bir taraftan da "Gelsene! Gelsene!" diye bağırıyordu. İki el daha ateş etti ama Ege yine kolundan tutup koşmaya devam etti. Vuramamıştı. Kurşunlar sadece etrafa saçılmıştı. Arkasına baka baka koşmaya devam etti. Kendini öyle kaptırmıştı ki Ege arkasında kaldı. Bunu fark ettiği an arkasına dönmesiyle kapüşonlu adamın Ege'nin üzerine atladığını görmesi bir oldu. Durup tabancasını adama doğru tuttu ve şuursuzca ateş etmeye başladı. Tetiği her çekişinde sesin ve tabancanın geri tepmesinin etkisiyle gözlerini kapatıyor, kapüşonluyu vurup vuramadığını bir türlü anlamıyordu. Mermileri bittiğinde yerde yatan Ege'yi gördü. Yüzünde acı bir ifade vardı ve kapüşonlu ortada yoktu. Ege'yi, karısını vurmuştu. Önceden ona birçok acı yaşatmıştı ve bu en kötüsüydü. Karısını öldürüyordu... Eli ayağı boşaldı, yanına zar zor ulaştı ve Ege'nin yüzünü elleri arasına aldı. Karısının acısını yüzünden görebiliyordu. Ege'nin gözlerine donukluk çökerken, Ziya'nın başı dönmeye başladı. Kanlar içindeki karısının yüzü, ağaçlar, yer, gökyüzü hepsi bir anda inanılmaz bir hızla dönmeye başladı. Ziya yorulmuştu. Bitkin düştü...

67

52. Dakika

Kopuş

Ziya! Ziya! Kendine gel. Uyan! Uyan!

Bu Ege'nin sesiydi. Bir taraftan direksiyonu tutup diğer taraftan Ziya'yı uyandırmaya çalışıyordu.

"Ziya!"

Gözlerinde tonlarca ağırlık var gibi hissediyordu ve ne kadar uğraşsa da karısının sesini duyduğu halde uyanamıyordu. Karanlığın içinden yine o melek yüzlü kadın belirdi. Yavaşça ona süzülerek geldi ve kulağına eğilerek başarabileceğini söyledi. *Hadi, yapabilirsin. Uyan!*

İçinde oldukları araba bir o yana bir bu yana savrularak ilerliyordu yolda. Sol tarafında arabayı kullanan Ege'ye baktı. Üzerinde kurşun izleri aradı. Yoktu.

"Kendine gel artık! Bana yardım etmelisin." diye bağırdı karısı.

"Aşkım?"

"Peşimizde biri var Ziya! Tam arkamızda. Kurtulamıyorum."

Uyku sersemiydi. Arabanın içinde olduklarını, birkaç saniye evvel karısını vurduğunu, şimdi birinden kaçmaları gerektiğini anlıyordu ama nedenini bilmiyordu. Sadece emre itaat eder gibi robotik hareketlerle etrafına bakındı. Ege, arabaların arasında zig zag yaparak son sürat kaçıyordu. Arkasına baktı, onları kovalayan araç gitgide yaklaşıyordu. Bir şeyler yapması lazımdı!

Arabanın arkasında üst üste yığılmış siyah, dolu poşetleri gördü Ziya. El freninin olduğu yerden ayağını atarak arabanın arkasına geçti zar zor. Kafasında planı yaptı. O poşetleri yola fırlatacak ve gelen arabanın hızını engelleyecekti. Poşetleri kucakladı ama camı açmayı bir türlü beceremedi. Ege bagaj açma düğmesine basınca bagaj kapağı havaya kalktı. Ziya poşetleri teker teker fırlatmaya başladı ama arkadaki araba yaptığı manevralarla hepsinden kurtulmayı başardı. Arabada sadece tek bir poşet kalmıştı. Hepsinden ağırdı. "Biraz hızını kes, yaklaşsınlar" dedi Ege'ye. Ege ayağını gazdan kesince iki araba mıknatıs gibi birbirine çekilmiş gibi yakınlaştı. Ziya kucağındaki poşeti zorlanarak kaldırırken poşetin

67

yırtıldığının farkında değildi. Poşeti yaklaşan arabanın önüne fırlattığı an yırtık kısımdan Sude'nin yüzü görüldü. Hemen yakalamaya çalıştıysa da nafile... Ellerinin arasından kayıp gitmişti bile. Poşetle birlikte kızının asfalta düşüşünü izledi.

Takipteki araba, yere düşen poşet ve içindeki Sude'yi ezip geçti. Ziya'nın kulaklarında kemik çıtırdaması sesi yükseldi. Öyle bir ses çıkmamıştı ama beyni gördüklerini sese çevirmiş, küçük kızının kemiklerinin çıtırtısını tüm kafatasının içinde yankılatmıştı. Kendini poşetleri yuvarladığı yerden yola atmaya çalıştı.

SUDE!

Dikiz aynasından bakan Ege'nin, Ziya'nın çabasını görüp frene asılmasıyla Ziya olduğu yerden öne savruldu. Gözyaşları içinde karısına baktı. Bu esnada arkadaki arabanın motor sesi de gitgide yaklaşıyordu. İki eliyle kafasını tutup arkaya doğru bakması ile gelen arabanın onlara şiddetle çarpması bir oldu...

55. Dakika

Kendine gel

Bir sokaktalar. Yanında Ege oturuyor. Gözleri yine yaşlı. Geçmişine dair hatırlamakta olduğu her anısında olduğu gibi Ege'nin gözleri yine yaşlı.

"Ziya tüm bunların nedeni... Neden? Ne zaman bitecek?"

"Ne zaman sona ereceğini bilmem için bana yardımcı olman gerek aşkım... Sen beni o odadan kurtardıktan sonra önce seni vurdum sonra bir arabanın altında kaldık, şimdi... Kaldırımda oturmuş konuşuyoruz."

Ege dediklerinden hiçbir şey anlamamıştı.

"Hangi oda bu?"

"Oda... Nasıl yani?"

Ege, Ziya'yı ciddiye almadan kafasını çevirip önlerin-

67

deki çocuk parkına bakmaya başladı. Sude birkaç çocukla birlikte parkta oynuyor, salıncağa biniyordu. Ziya o tarafa bakınca kızının yanına yaklaşan kapüşonluyu gördü.

"Dur!"

Sinirle ayağa fırladı. Sude'ye doğru koşacakken etraflarındaki herkesin siyah kapüşonlu olduğunu fark etti. Takip edip onları bulmuşlardı. Belini yokladı. Silah yerinde değildi. Ege, Ziya'nın önüne geçti ve omuzlarından tutarak onu sarsmaya başladı. Avazı çıktığı kadar bağırıyordu.

"Tüm bu olanlar; odalar, kazalar, saçmalıklar! Sadece senin hayalin Ziya! Tüm bunları sen yaratıyorsun. İnsanlara yaşattığın acıların intikamını alıyorsun kendinden. Yalvarırım sevgilim kendine gel artık. Onlar aslında yok. Onlar aslında yok!"

Önünde durup kendini sarsan karısının yüzüne bakmaksızın etrafı kolaçan etti. Tüm kapüşonlular sanki ağır çekimde yürüyor, ikisinin yanına geliyordu. Söylediklerini kimsenin duymamasını istercesine ama kararlı bir şekilde dişlerini sıkarak mırıldandı Ege'ye dönüp.

Onlar aslında yok. Onlar aslında yok. YOKSUNUZ!

Mırıldanmayla başlayan konuşması çığlığıyla son bulduğu an sokaktaki tüm kapüşonlular yere yığıldı. Sanki öyle bir bağırmıştı ki ses dalgasıyla hepsini etkisiz hale getirmişti. Bunu fırsat bilip Ege'nin ellerinden tuttu ve koşarak Sude'nin yanına gittiler. Sude'yi kucağına aldığı gibi yerdeki kalabalığın üzerinden atlayarak kaçmaya devam ettiler. Biraz uzaklaşınca arkasında yavaş yavaş kendilerine gelip ayaklanmaya başlayan kapüşonlu kalabalığı gördü. Ani bir manevrayla önlerindeki binaya daldı. Serseri mayın gibi bir o yana bir bu yana koşuşturuyorlardı. Asansörün önünde durup düğmeye bastı. Üst üste basınca daha çabuk gelecekmiş gibi durmaksızın düğmeye basmaya devam etti. "Trink" sesiyle birlikte asansör zemin kata geldi ve kapı açıldı. Asansörün kapısı açıldığında; içeride, yüzündeki alaycı gülümsemesiyle onlara bakan Celil'i gördüler. Kucağındaki Sude'yi ondan sakınarak diğer koluyla Celil'i tuttuğu gibi asansörün dışına fırlattı ve üçü birlikte asansöre bindiler. Asansörü çağırırken yaptığı hareketi şimdi en üst katın tuşuna basarken de yapıyordu. Kapı kapanıncaya kadar düğmeye basmaya devam etti. Celil ise kapanmakta olan kapının arkasında durup tepkisizce onları izledi.

"Çok ayıp ama Ziya..."

Profesyonel bir tetikçinin soğukkanlılığıyla orada durup kapı kapanmadan önce gözlerinin içine bakarak mırıldanmıştı Celil.

67

Asansör en üst kata varınca Ziya, Sude ve Ege'yi ellerinden tutup çatıya çıkarttı ve kapıyı sıkıca kilitledi. İkisine oldukları yerde durmalarını tembihleyip koşarak aşağıya baktı. Binanın girişinde onlarca kapüşonlu kafalarını kaldırmış yukarıya bakıyordu. Çaresizce olduğu yere çöktü.

"Çıkamayacağız. Biz buradan çıkamayacağız!"

Sude, annesinin elinden sıyrılıp Ziya'ya doğru koştu ve babasının kucağına atladı.

"Babacığım, sen üzülme ne olursun..."

Ziya kollarındaki kızına sıkı sıkı sarıldı.

"Üzülmüyorum babacığım, üzülmüyorum. Canım kızım... Korkma sen e mi?"

Ege de Ziya ve Sude'ye katıldı. Üçü, yerde oturmuş çatı duvarına yaslanıp sarılıyorlardı.

Bir şey hatırlamış gibi oldu Ziya. Ege'ye döndü.

"Aşağıda bana 'insanlara yaşattığın acıların cezasını çekiyorsun' dedin. Aşkım ben kime ne yaşattım bu kadar Allah aşkına? Kendimle ilgili hiçbir şey hatırlamıyorum."

Ege, Ziya'yı tanıdığından beri hep pis işlerin peşindeydi. Bunu kendine bile itiraf etmekle güçlük çekse de biliyordu. Ziya'nın bu karanlık yüzü ona çekici geliyordu. Oysa şimdi Ziya karşısına geçmiş kim olduğunu, ne yaptığını hatırlamadığını söylüyordu. Belki de şu an bu kadar iyi davranmasının nedeni hiçbir şey hatırlamıyor oluşuydu. "Belki bilmemen, hatırlamaman daha iyi." dedi.

Bilmek istiyordu Ziya. Bu kabusa neden olacak daha ne pislikler yapmıştı. İnsan kendine "kötü" diyebilir miydi? Ya da kötü olduğunu hisseder miydi? Ama karısı bilirdi. Her şeyi anlatmasını istedi.

"Her şeyin yanıtı söyleyeceklerine bağlı olabilir aşkım..."

Doğrularak ayağa kalkıp uzaklara baktı. Simülasyonla yapılmış bir şehre bakıyordu sanki. Ege de kalkıp Ziya'nın elinden tuttu. Sarılmadan önce Sude'ye dönüp "Kızım, yaklaşma sakın kenara." diye uyardı ve Ziya'nın arkasından sımsıkı sarıldı.

"O oda... Orada yaşadıklarım... Sana asla tarif edemem. Delice şeyler aşkım. Ben bunca acıyı hak edecek ne yapmış olabilirim? Hayatta çekilebilecek bütün acıları yaşadım o odada, bütün acıları."

Gerçekten öyle hissediyordu. Oysa devamı vardı ama Ege'nin dudaklarından dökülünceye kadar bunu bilmiyordu.

"Bütün acıları değil sevgilim. Bütün acıları değil..."

67

Kollarını Ziya'nın vücudundan çekip yanına geldi ve eliyle çenesinden tutarak onu kendine doğru çevirdi. Gözleri donuk, sanki az önce ona sarılmamış gibi konuştu.

"Daha ihanet var!"

Cümlesini bitirir bitirmez sertçe sırtından itti Ziya'yı ve binadan aşağıya attı. Ziya çığlık çığlığa aşağı düşerken çatıda Sude ve Ege gülümseyerek ona el sallıyordu. Yere tam çarpacakken gözlerini yumdu. Beyni, yine çarpma anındaki kemik kırılma sesini canlandırmıştı kafasında.

ÇATIRT!

58. Dakika

Kısır döngü

Düştüğü yer asfalt değildi... Bu sefer beyni yanılmıştı.

Bir türlü içinden çıkamadığı, çıktığını düşünse de korkunç bir kısır döngüyle yine kendini içinde bulduğu hangar su ile dolmuştu ve Ziya şimdi onun içinde yavaşça batıyordu. Çarpmanın etkisiyle sersemleyip bir süre hareket edemedi ama suyun soğukluğunu tüm hücrelerinde hissediyordu. Kısa süre sonra kendine gelip yüzeye doğru yüzmeye çalıştı ama yok! Nefesi tükenmeye başlamıştı ve bir türlü çıkabileceği açık bir alan yoktu. Bilinci yavaşça yok oluyordu... Kendini saldı.

En kötü ölüm boğulmak derlerdi diye düşündü en son. Ciğerleri yavaş yavaş suyla dolmaya başlamıştı. Bir ceset torbası gibi batıyordu ki... İki el uzanıp, onu yukarı çekti.

67

Yüzeye çıktığı an öksürmekten ne çevresini görebildi ne de onu çeken kolların kime ait olduğunu. Öksürük krizi kusmaya çevirdi. Midesindeki tüm suyu kustu.

Genç Ziya çekmişti onu suyun içinden. Kardeşinin parasını çaldığı için öldürmek istediği genç Ziya, şimdi O'nun hayatta kalmasının sebebiydi. Yine hangarın içindeydiler.

Genç Ziya teselli etmeye çalışıyordu.

"Boş ver be agam. Sen güçlüsün, gelirsin üstesinden. Sert adamsın sen."

Yattığı yerden doğruldu Ziya. Gence karşı nefret doluydu.

"Lan oğlum ne yaptın sen? Ne pis işlere karıştın be! Babanın parasını çal, aileni yok et, sonra git büyük şehre karanlık işlere giriş... Neden okuyup çalışıp bi bok olmayı denemedin lan? Neden? Mafya sevdalısı mısın sen? Ha? Noldu şimdi bak? Hani mafya? Kimse bi tarafına sallamıyor seni. Hani güç? Hani lan!? Hani!?"

Genç Ziya da ayağa kalktı.

"Aga bir dakika... Ben sadece dünü ve bugünü bilirim, benim yarınım senin meselen... Ama ben biliyordum aslında... Aga bizim kaderimiz bu... Biz öyle alelade insanlar gibi yaşayamayız... Kurban olayım gücü sevmek suç mu yav?"

Şimdi suç olmuştu. Hangarın içindeki Ziya'ya göre suçtu. Genç, kendini savunmaya geçti. Taramalı tüfek gibi konuşuyordu.

"Aynı karındandık; gardaştık ama herif amele oldu, ırgat oldu. Bize yakıştı mı hiç agam? Biz onların seviyesine inemedik diye kızdı, kin güttü cümle alem... Halbukisi onlar bizim seviyemize çıkamadığı için suçluydu. Çektiler cezalarını. Şimdi sen neyin vicdanını yaşıyorsun, neyi inkâr ediyorsun?"

Genç Ziya bunları söylerken, Ziya odanın içinde gezinip Ege'nin açtığı deliği aradı. Delik kapanmıştı. Cama doğru yürüdü.

"Hayır, hayır! Bu söylediklerinin hiçbiri değilim ben. Sen değilim ben!"

Yanında duran sandalyeyi aldı hışımla ve cama vurmaya başladı.

"Yoksun sen. Sen yoksun. YOKSUN!"

Tüm gücü ve siniriyle öyle vurmuştu ki; önce sandalyenin bacakları kıvrıldı, sonra cam gürültüyle parçalara ayrıldı. Gence döndü.

"Burada neler olduğunu bilmiyorum ama bildiğim bir

şey varsa o da artık..."

Araya girdi genç Ziya.

"O da artık ne? Seni burada tutamayacak olmaları mı?"

Lafını birebir doğru tamamlamıştı. Afallayarak gençliğine bakakaldı ama hemen kendini toparladı.

"EVET!"

Kafasını az önce patlattığı cama çevirdiğinde camın sapasağlam yerinde durduğunu gördü.

"Yeter artık!"

Genç Ziya'ya geri dönüp üzerine doğru yürüdü işaret parmağını havada sallayarak.

"Yoksun. YOKSUN!"

Hızla ona doğru yürürken yanından geçtiği dolabın dibinde dikilen Celil'i gördü. Yönünü değiştirip ona bağırdı.

"Yoksun. Yoksunuz!"

Celil'e doğru yürürken ani bir hamleyle yanında durduğu dolabı yan çevirdi. Hemen koştu, odanın diğer ucundaki yatağı sürükleyerek dolabın yanına çapraz koydu. Şöyle bir durup odanın içine baktı, evrak dolabını gördü. Koşarak onun yanına gitti ve onu da sürükleyerek yatağın diğer tarafına getirdi. Kendine odanın köşesinde üçgen oluşturmuş, sanki Celil ve genç Ziya'ya karşı barikat kurmuştu. Yatağın üzerine yattı ve *Yoksunuz* diye sayıklayarak deli gibi mırıldanmaya, ağlamaya başladı.

Celil umursamadı. Genç Ziya'nın karşısına oturup eliyle Ziya'nın sesinin geldiği yere işaret etti.

"Ne oldu lan buna?"

"Geçmiş, gelecek falan işte. Kaldıramadı..." dedi genç Ziya.

"He... Tavla olsa iyiydi be genç. Sıkıldım iyice..."

Sude'yi ameliyat etmeye çalışan Yakup, elinde okey ıstakalarıyla çıkageldi. Yürürken de bir taraftan "Okey var dostum." dedi elindekileri göstererek. Celil'in keyfi iyice yerine geldi. Dördüncü kişiyi gözleri ararken Hamza girdi bu sefer odaya. Masadakilere selam verip oturdu.

Ziya iyice kalabalıklaşan odanın içinde kendine yaptığı köşesinde mırıldanmaya devam ediyordu. Hamza "Ne yapıyor bu?" diye sordu eliyle işaret ederek. Celil parmağıyla "sus" işareti yaptı.

"Ses etme kardeş. Arınıyor, arınıyor..."

Dördü katıla katıla gülmeye başladı... Ziya kahkaha seslerini duydukça kendini kaybetti.

"Sessiz olun lan. Yok olun lan!"

Bağırışlarını kapıdan gelen yumruk sesleri susturdu. Birileri alacaklı varmış gibi kapıyı yumrukluyordu. Elleriyle kulaklarını tıkadı.

"Ege, kapıya bak sen de!"

Cümlesi biter bitmez kendi söylediği sözlerin şaşkınlığını yaşadı. Korkarak yataktan kalktı, önüne dizdiği dolapların üzerinden odanın içine baktı. Masada sadece Sude ve Ege oturuyor... Ziya şaşkınlık, biraz da rahatlamayla onlara bakarken Ege elindeki Sude'ye yemek yedirdiği kaşığı bırakıp hâlâ çalan kapıya yöneldi. Kapıyı açtığında içeriye polisler doluştu. Hepsi bir yana koşmaya, eşyaları alt üst etmeye başladılar. Annesine sarılmış Sude'nin korku dolu bakışları altında her deliğe bakıyor, sağı solu arıyorlardı. Polislerden biri üniformasının içinden çıkardığı paketi sanki orada bulmuş gibi elinde sallamaya başladı.

"Bak bak bak amirim ne buldum."

Amir paketi inceledikten sonra dolapların arkasındaki Ziya'ya dönüp bağırdı.

"Napıyon arkadaş bunu sen? İçsen geberirsin, çoluğu çocuğu mu zehirleyeceksin?"

"Bir dakika. Benimle ne alakası var o paketin?"

"Sus sus parazit yapma... Hadi oğlum aramaya devam, hadi!"

Diğer polis odanın içinde fıldır fıldır gezerken, yerde Celil'in tabancasını gördü. Eğilip aldı, cebinden çıkardığı delil poşetinin içine koydu. Ziya olduğu yerden hâlâ çıkmamıştı ama dolabın arasından bağırmaya devam ediyordu.

"O tabanca bana ait değil amirim. O... O... Takım elbiseli bir adam vardı az önce çok uzaklaşmamıştır buradan. Onun! Bir dışarı bakın."

Söylediklerinin ne kadar mantıksız olduğunu ağzından çıktığı an bir kez daha anladı. Zaten delirmek üzereydi ve deli gibi davranıyordu. Polislerin inanmasını beklemedi bile. Düşündüğü gibi oldu.

Diğer polislerden biri elinde CD kapları ile yanında bitti amirin. Amir elindekileri Ziya'nın yüzüne vururcasına sallayarak bağırdı.

"Çocuk pornosu lan bunlar! Allah belanı versin senin."

Önce uyuşturucu ve silah, şimdi de çocuk pornosu yıkılmıştı üstüne Ziya'nın. Hiçbirine verecek cevabı yoktu. Tek yapabildiği inkâr etmekti.

67

"Tövbe amir ne diyosun sen? Yemin ederim alakam yok bunlarla. Bakın, kapattılar beni buraya sonra eşim balyozla geldi..."

Sözünü bitiremeden amir araya girdi.

"Oo, balyoz malyoz diyor bu. Alın bunu içeri. Alın alın!"

İki polisin kolları arasında götürülürken arkasına dönüp amire derdini anlatmaya çalıştı. Kimsenin onu dinlediği yoktu. Kapıdan çıkıp polis otosunun önüne geldiklerinde bir polis kapıyı açtı, diğeri Ziya'nın kafasından bastırarak onu içeri tıktı. Evin kapısında Sude ve Ege kollarını bağlamış onu izliyordu. Aracın kapısı kapanınca camın arkasında Ege'nin yanında beliren Celil'i gördü. Celil yavaşça elini Ege'nin beline attı. Polis arabayı sürmeye başlayınca Celil ve Ege öpüşmeye başladı.

Hışımla fırlayıp kapıyı açmak istedi. Yapamayacağını biliyordu. Sinirden titreyerek evden uzaklaşan polis otosunun içinde arkasına baktı. Kafasını çevirdiğinde gözü önde oturan polisin belindeki tabancaya takıldı. Onu almak için bir anda hamle yaptı ama başaramadı. Polis kolunu tuttu ve kafasına ağır bir yumruk indirdi. Yumruğun sertliğiyle kafasını cama vurdu.

61. Dakika

Kim olduğumu biliyorum!

Ağaçlıklı yoldan geçip karakola vardılar ve Ziya'yı karantina hücresine attılar. O, parmaklıklar arasından nasıl bir pisliğin içinde olduğunu düşünürken amir savcıyla konuşuyordu telefonda.

"Sayın savcım, bu saatte rahatsız ediyorum ama... Ziya Hudutlu efendim. Şahsı aldık... Evet efendim, sizi bekliyoruz."

Hattın diğer ucundaki savcının bağırması Ziya'ya kadar ulaştı.

"Yav sen beni bu saatte niye arıyorsun arkadaşım!? Sabaha kadar otopsideydim zaten hiç mi rahat yok? Beklesin orada, pazartesi bakarız! Hay Allahım ya..."

Amir, özür dileyerek telefonu kapattı. Bir de Ziya yüzünden azar işitmişti şimdi. Sinirle orayı terk etti. Ziya da peşinden bakakaldı. Amir iyice uzaklaşınca aklı başına geldi ve olduğu yerden kalkıp parmaklıkları tutarak bağırmaya başladı.

"Savcı yatacak dinlenecek diye ben burada mı kalacağım amir? Heeeey! Kime diyorum!? Lan insanın hiç mi değeri yok gözünüzde!? Yeter yalvarırım bu haksızlığa kim tahammül edebilir? Kim?"

O'nu dinleyen yoktu. Sesi karakolun içinde öylece yayıldı gitti. Muhatap alınmayınca iyice delirdi. Hücrenin içinde volta atıp mırıldanmaya başladı yine.

Haksızlık... Haksızlık... Haksızlık... Haksızlık...

Sesi git gide alçalmıştı. Sonra birden olduğu yerde kaldı, gözünü hücrenin tavanı ve duvarının birleştiği sağ üst köşeye dikti. Bir şeyleri hatırlıyor gibiydi. Yüzünde garip bir aydınlanma oldu. Aniden arkasını dönüp parmaklıklara koştu ve sesini duyurmaya çalıştı.

"Hatırlıyorum! Kim olduğumu biliyorum!"

Ortada kimseler yoktu. O'nun kim olduğu da kimsenin umurunda değildi zaten. Parmaklıkları sarsarak bağırmaya devam etse de başaramadı. Bunca yaşadıkları o kadar ağır gelmişti ki birden bitkin düştü. Parmaklıklara tutunarak yavaş yavaş olduğu yerde çömeldi ve sonra kendini çaresizce hücrenin ortasına attı. Artık nefes alması da zorlaşıyordu. Panik atak nöbeti geçiriyor gibi hızlı hızlı nefes almaya başladı. Ciğerlerine hava doluyordu ama sanki oksijen beynine gitmiyordu. Eliyle hücre yatağının demirine tutunup ayağa kalkmaya çalıştı ama yok. Vücudunda takat kalmamıştı. Aciz bir şekilde olduğu yerde nefes almaya çalışırken polis memurlarından biri geldi. Ziya'nın onun nöbetinde böyle atak nöbeti geçirmesinden rahatsız olmuştu. Cebinden anahtarı çıkarıp kilide sokarken sinirli sinirli söyleniyordu. Ziya nefes almaya çalıştıkça gözlerinden yaşlar akıyordu. Memur bağırdı.

"Ersin. Ersin! Bir koşun oğlum herif ölüyor!"

Polis elindeki anahtarı kilidin içinde çevirirken hücrenin duvarından bir kadının ona elini uzattığını gördü. Bu, bilinci gittiği için gördüğü bir hayal de olabilirdi ama artık gördüklerine şaşırmaktan bile yorgundu. Son gücüyle balçık gibi duvarın içinden uzanan ele tutundu. Kadın onu duvarın içine doğru çekti...

67. Dakika

Kabus

Artık bu kaçıncı uykudan uyanışı, kaçıncı kabusun içine düşüşü, kendini kaçıncı pisliğin içinde buluşuydu? Saymaktan çoktan vazgeçmişti. Tek istediği bitmesiydi. Her bitkin düşüp bayıldığında kendini farklı bir yerde buluyordu. Bunun bir sonu olmalıydı ama nasıl? Zaman-mekan algısını hepten kaybetmişti. Sanki bir labirentin içinde dönüp dolaşıyormuş gibiydi. Her şey ondan bağımsız hareket ediyor, nereye çekilirse oraya gidiyordu.

"Tekrar hoşgeldiniz." dedi yanındaki. Gözlerini açtığında bir hastane odasında, sedyede yattığını gördü. Doktorun yanındaki bir hemşire ve bir hademe daha durup meraklı gözlerle Ziya'yı inceliyorlardı. Ağzı kupkuru olmuştu. Önce yutkundu, sonra kısık sesle konuşmaya başladı.

"Ne oldu bana?"

Doktor, ağır bir trafik kazası geçirdiğinden bahsetti. Ama şimdi iyiydi, kritik süreyi atlatmıştı. 67 dakika komada kalmıştı doktorun dediğine göre. "Kazanın öncesine dair bir şey hatırlıyor musunuz?" diye sordu doktor. Hatırlamıyordu. Odada, ormanda, kapüşonlulardan kaçarken girdikleri binada yaşananları hatırladı ama kazanın öncesini bilmiyordu.

67 dakika... 67...

Düşüncelerini toparlayıp Ege'yi ve Sude'yi sordu. Doktor önce yanındaki hemşire ve hademeye baktı, sonra Ziya'ya dönüp onların tedavi altında olduğunu söyledi. İnanmamıştı.

Öldüler onlar... Onlar öldü değil mi?

Sesi panikle çıkmadı. Sakindi. Hademe gözlerini Ziya'dan ayırmadan yanındaki hemşireye doğru eğildi. Elini ağzına götürerek fısıldadı.

"Herifteki soğukkanlılığa bak."

Doktor, Ziya'nın bu sorusu karşısında gerçeği gizlemenin gereksiz olduğunu düşünerek "Elimizden geleni yaptık ama... Başınız sağolsun." dedi. Öldüklerini biliyordu Ziya. Onun suçu olduğunu da biliyordu. Doktorun sesini tanıdık bulmuştu. Kaşlarını çatıp yatağın ayak ucundaki kapalı televizyona doğru baktığında birden aklına geldi. Bu ses, ona "Güçlüsün, sen sert adamsın." diyen adamın sesiydi. Doktora döndü.

"Bana güçlü olduğumu söylediniz."

"E... Evet söyledim bunu. İnanın, öylesiniz de..."

Teselli edilmeye ihtiyacı olmadığını düşünüyordu Ziya'nın bu sakin tavırları karşısında ama elini sanki bir refleks gibi omzuna götürdü bu sözleri söylerken. O esnada odanın kapısı açıldı. İçeri giren başhekim olunca hademe ve hemşire birden toparlandılar. Doktor elini omzundan çekip üzerindeki beyaz önlüğün yakasını düzeltti.

"Ziya Bey... Çok şükür atlattınız. Ben hastanemizin başhekimiyim. Şimdi sizi bir an önce toparlamak için elimizden geleni yapacağız."

Ziya hiçbir şey yapılmasını istemedi. Hemen orayı terk etmek istiyordu. Doktor ise bunun mümkün olamayacağını, birtakım testler yapılması gerektiğini, üstelik böyle büyük bir trafik kazasının ardından psikolojik destek almadan kendine gelemeyeceğini anlatmaya çalışıyordu.

Ne biliyordu ki doktor? Onun bildiği sadece trafik kazasıydı. Peki ya sonrasında olanlar? Komada olduğu 67 dakika içinde yaşamış olamazdı tüm bunları. Saatler, hatta günlerce sürmüş gibiydi. Trafik kazasının şoku atlatılırdı da o yaşadıklarını nasıl atlatacaktı? İç çekti, gözlerini doktorun gözlerine sabitledi. "Beyefendi lütfen..." diye girdi söze. Ses tonu sakindi ama tehditvariydi.

"Siz de bir gün, bir hastane odasında uyanıp otuz dokuz yılınızın boşa geçmiş olduğunu anlasaydınız; benimle aynı tepkiyi verirdiniz. Rica ediyorum mani olmaya çalışmayın."

"En azından yanınızda sürekli birinin olması gerektiğini söylemek zorundayım. Şu anda bilincinizin açık olması bile mucize. Bunun..."

Doktor lafını tamamlayamadan Ziya sıkkınlıkla araya girdi.

"Telefonunuzu kullanabilir miyim?"

Kullanabilirdi. Elini cebine attı ve telefonu Ziya'ya uzattı. Aklında bir numara yoktu ama akıllı telefonu eline alır almaz parmakları otomatikman tuşlara basarak bir numara çevirdi. O esnada başhekim endişeli bir şekilde yanındaki doktora doğru eğilmiş fısıldıyordu.

"Onu bir şekilde engellememiz lazım. Bir hastanın komadan kalkıp elini kolunu sallaya sallaya dışarı çıkması görülmüş şey değil... Eğer dışarıda fenalaşırsa bunun bedelini hastane olarak hepimiz öderiz. Anlıyor musunuz? En azından bir yazı falan imzalatın."

Ziya, telefonun ucundaki kişiye iyi olduğunu, birkaç eşya alıp ona getirmesini söyleyip kapatmadan doktora uzattı. Telefondakine adres bilgilerini vermesini istedi. Konuştuğu genç, uzun yıllardır şoförlüğünü yapan kişiydi.

Şoför, Ziya'nın istediği eşyaları aldı ve yola koyuldu. Çok geçmeden hastanenin olduğu adresin önündeydi ama kapının önünde, içinde basın mensuplarının da bulunduğu büyük bir kalabalık vardı. Aracı hastanenin arka kapısına doğru sürüp oraya park etti. Bagajı açıp arkadan takım elbise ile cilalı ayakkabıları çıkarttı ve hastaneye girdi.

Ziya'nın odasından çıkan hademe ve hemşire koridorda durmuş konuşuyorlardı. İkisi de Ziya'nın komadayken konuşulanları duymasına şaşırmıştı.

Şoför, hızla Ziya'nın olduğu odaya girdi ve "Geçmiş olsun" diyerek elindeki takım elbiseyi uzattı. Kolundaki bantları çıkarıp ayağa kalkınca biraz başı dönmüştü ama zaman kaybetmek istemiyordu. Odadaki paravanın arkasına geçerek giyindi. Aynada başındaki sargıya bakıp gömleğini iliklerken düşünceliydi.

"Hazırsanız, buyurun Ziya Bey" diyerek kapıyı açtı genç. Ziya ve arkasındaki şoför koridorda yürürken hastanedeki herkesin gözü merakla onların üzerindeydi. Arka kapıya gittiler ama dışarıdaki kalabalık oraya gelmişti. Basın mensupları kapıdaki hareketliliği görünce hemen yanına üşüşüp bir ağızdan soru sormaya başladılar. Genç, onların görüntü almasını engellemeye çalışsa da başarılı olamadı. Muhabirler mikrofonu üzerine üzerine tutup soru yağmuruna başladılar.

"Sayın savcım geçmiş olsun... Bu yaşamış olduğunuz olayın bir komplo olma ihtimali var mı? Yoksa yalnızca bir kaza mı?"

Birinin sorusu bitince hemen diğeri lafa giriyordu.

"Sayın savcım, insanlar bu kazayı soruşturmakta olduğunuz büyük davalara bağlıyor. Neler söyleyeceksiniz?"

Ziya tüm soruları yanıtsız bırakarak arabaya bindi. Şoför arabayı sürmeye başladığında muhabir ve kameraman sürüsü arkalarından koşarak hâlâ soru sormaya çalışıyordu...

67

67. Dakika

Koridor

Kafasını koltuğa yaslamış camdan dışarı bakıyordu. Geçtiği sokaklarda insanlar normal hayatlarına devam ediyordu. Biri ayaklarına sürtünen kediyi seviyor, başka biri garsona el ederek hesabı istiyor, kimi elinde telefon yolda bir önüne bir telefona bakıp yürümeye çalışıyordu. Herkesin hayatı normal akışında devam ediyordu makam aracının filmli camının arkasından bakınca... Bir köşe başında toplanmış üniversite öğrencilerini gördü. Pankartlar sallayıp slogan atıyorlardı kendi aralarında. Tam önlerinden geçerken "Yaşama hakkımızı istiyoruz!" yazılı pankarta ilişti gözü. Sonra hemen arkalarındaki yere baktı. Evin yoluna girmişlerdi. Cevabını bildiği soruyu sordu.

"Nereye gidiyorsun oğlum?"

"Evinize efendim..."

Eve değil, adliyeye gitmek istediğini söyledi gence. Şoför itiraz etmeye kalkıştı.

"Ama efendim..."

"Yorma beni Tuğrul. Adliyeye dedim."

Tuğrul başka bir şey demeden aracın yönünü adliyeye çevirdi. Büyük binanın önüne geldiklerinde inip Ziya'nın kapısını açtı. Ziya sakince arabadan indi, binaya aşağıdan yukarıya şöyle bir göz gezdirdi, ceketinin düğmelerini ilikledi ve derin bir nefes alarak merdivenlerden çıkmaya başladı.

İlk önce kapıdaki polisin şaşkın bakışlarına maruz kaldı, ardından içeri girince geçtiği koridordaki herkesin... Şaşkınlığını en önce atlatanlar geçmiş olsuna gelip elini sıktılar, atlatamayanlar yanındakine dönüp fısıldaştı. Herkes karısını ve kızını trafik kazasında kaybeden savcının kendini ilk olarak adliyeye atmasının şoku içindeydi. Çalışanlardan biri diğerini dürterek "Eşiyle kızını kaybetti ve o adliyeye mi geliyor?" dedi. Diğeri yüzünü ekşitti "Adam soğuk zaten, duygusuz, hiç şaşırmadım" derken. Ziya ise bunları duymazlıktan gelip yürümeye devam ediyordu.

Uzun koridordan geçip odasının önüne geldiğinde Hakan atladı önüne.

"Ziya, geçmiş olsun... Ne yaptın abi böyle hemen?"

"Hakancığım. Sonra konuşalım..."

Sağ eliyle Hakan'ın pazısına dokundu çekilmesini istercesine. Hakan gereğini yaptı ve bir adım soluna kayıp eğilerek eliyle kapıyı işaret etti. Ziya odasına girerken arkasından seslendi. "Sen kafanı yorma, bilirkişi aracı inceliyor, her şey bizde, rahat ol!" Sanki adliyedeki herkesin duymasını istercesine söylemişti bu cümleyi. Ziya oralı olmadı...

67. Dakika

Karar

Ofisine girip kapıyı kapattığında; o, koridorda sakin sakin yürüyen adamdan eser kalmamıştı. Telaş içinde, hangardaki dolabın neredeyse birebir aynısı olan evrak dolabının yanına koştu. Kapaklarını açıp içinden birkaç dosyayı hiç aramadan, sanki yerlerini ezbere biliyormuş gibi çıkarıp masanın üzerine yığdı. Dolabın kapaklarını kapatmadan masanın başına geçtiğinde yüzündeki telaş ifadesi de yerini acıya bıraktı. Ne ile karşılaşacağını biliyor gibiydi. Yine de en üstteki lacivert dosyayı aldı ve açtı...

Dosyanın içindeki vesikalıkta gördüğü kişi kamyon sürerken yanında oturan Hamza. Hamza Yalçınkaya. Uzun paragrafların belirli yerleri sarı fosforlu kalemle çizilmiş. Uzun uzun okumaya vakti yok, hemen onlara göz gezdiriyor. İşaretli yerlerde kaçakçılıktan suçlandığı yazıyor. "Tır ile uluslararası taşımacılık esnasında uyuşturucu madde transferi bulundurulması." Bir diğer altı çizili cümlede, kişinin polisten kaçmaya çalışırken trafik kazası geçirip çarptığı araçtaki 3 kişinin hayatını kaybettiği, kendisinin hafif yaralarla kurtulduğu yazıyor. En alta ilişiyor gözü hemen... Takipsizlik kararı, imza: Ziya Hudutlu.

Ne yapacağını bilmiyor. Titreyen eliyle dosyayı kenara itip bir alttakine geçiyor. Fotoğrafa bakmadan hemen ne olduğunu anlamak için işaretli yerlere göz gezdiriyor. Cümleler değil, kelimeler gözüne çarpıyor. Organ, ölüm, kaçak, mafya. Aklına kızı Sude geliyor ve hemen hangarda üzerinde ameliyat önlüğü ve elinde neşterle dikilmiş Ziya'ya bakan Yakup beliriyor gözünün önünde. Kafasını kaldırıp fotoğrafa bakıyor. Davalı: Yakup Karaosman. Kızını organ yetmezliğinden kaybetmiş... Yıllarca beklenen organ bağışı sırasının ardından; kendilerine gelecek olan organın son anda "uymayacağı" bahanesiyle başka bir hastaya nakledildiği, yapılan araştırmalar sonucunda böyle bir hastanın hiç olmadığı ve Aykut Bora isimli şahsın para karşılığı organın satışını ismi belirli olmayan başka birine sattığını gösteren delil sayfası da yanına iliştirilmiş. Sonuç: Delil yetersizliğinden dolayı takipsizlik kararı... İmza: Ziya Hudutlu.

Anlıyor ama kabul edemiyor. Açtığı her dosyada, hangarda karşılaştığı insanlar var. Sonuçlar ya takipsizlik ya da zaman aşımı. Hepsinin altında kendi ıslak imzası. Elleri gitgide daha fazla titremeye başlıyor. Önünde sadece iki dosya kaldığında kalbinin atışını ağzının içinde hissediyor. Karşılaşacağı gerçeklerle yüzleşme korkusu tüm hücrelerini sarmış. Derin bir nefes alıyor ve dosyayı açıyor.

Karşısında, hangarda babasına kendini öldürdüğü tabancayı veren, Ege'yi öpen, kaçtıkları binada asansörden çıkan, tüm bu kabus gibi dakikalar boyunca yakasını bir türlü bırakmayan Celil'in fotoğrafı, altında adı soyadı: Celil Berki... Hemen altında yazanlara göz gezdiriyor "Mafya hesaplaşması sonucu öldürüldü." Yazılar bir anda karmaşıklaşıyor ama Ziya gözlerini ovuşturup sayfanın en sonuna bakıyor. Netice: Zaman aşımı. İmza: Ziya Hudutlu.

Dosyayı kapatıp sağına ayırıyor ve hemen bir altındakine geçiyor. O kadın. Fotoğrafı gördüğü anda irkiliyor, dosyadaki vesikalıktan fırlayıp üzerine atlayacakmış gibi geliyor Ziya'ya bir an. Yaşadıklarını yeniden hatırlıyor. Üzerine atlaması, kemerini çözmesi, yere yatırıp suratını tokatlaması, boğarcasına ağzını kapatması ve korkusuz bakışları... Bu kadın, hangarda ona tecavüz eden kadın. Derin bir nefes alıp dosyayı okumaya başlıyor. Defalarca tecavüze uğramış... Defalarca şikayet etmiş ama sonuca ulaşamamış zira altındaki imza yine dosyanın kapanmasına neden olmuş. Takipsizlik kararı... İmza: Ziya Hudutlu.

Gözleri doluyor ve bir hışımla bakıp kenara itelediği dosyaların hepsini yere fırlatıyor.

Bacakları artık onu kaldıramayacak kadar yorgun. Ayakta duramıyor ve sandalyesine yığılıp kalıyor. O esnada beyninin içinde yankılı bir dua sesi yükselmeye başlıyor. Kafasını kaldırıp çevresine bakmak istese de yapamıyor. O, kafasını kaldırmaya çalıştıkça dua sesi de yükseliyor. Artık sese tahammül edemeyecek seviyeye geldiğinde kendini odadan dışarı atmak için gücünü toparlamaya çalışıyor sanki dua beyninin içinde değil de sadece odada okunuyormuş gibi... Önünde, artık üzerinde hiçbir şey olmayan ceviz masaya tutunarak ayağa kalkıyor ve kulaklarını tıkayarak kapıya doğru yöneliyor.

"Tuğrul! Tuğrul!"

En fazla on metre uzağındaki kapıya gitmek sanki kilometrelerce yürümüş gibi hissettiriyor.

Bir adım daha. Bir adım daha...

Atamıyor...

Dua sesini duymamak için kulaklarını tıkadığı ellerinde garip bir hışırtı hissediyor. Ellerini çekip önüne getirdiğinde avuçlarında gördüğü şey toprak. Ne olduğunu anlamadan avuçlarına bakarken yere doğru batmaya başlıyor. Bastığı beton zemin, çamur. Çamura bata çıka kapıya doğru ilerlemeye çalışıyor. Sonunda kapıya ulaştığında tüm ağırlığını kapı koluna vererek kapıyı açıyor. Karşısında iki tane adam var. İki kapüşonlu. Adamlar bacaklarını omuz hizasında açmış Ziya kapıdan geçmesin diye etten duvar olmuşlar. İkisi de kapüşonlarını açtığında Ziya dehşete düşüyor. Adamların ikisi de kendisi. Ziya'nın yüzü nasıl olursa adamların da aynı senkronla yüzü aynı ifadeyi alıyor ama hareket etmiyorlar.

Yeter. YETER!

Ziya kaçmak için arkasını döndüğünde sonsuz bir bataklığın ortasında olduğunu görüyor. Bataklık onu çektikçe içine çekiyor. Cilalı ayakkabıları çamurla dolmuş ve her adım atma çabasında biraz daha içe batıyor. Arkasında kalan iki kapüşonlu tepkisiz bir şekilde Ziya'nın kaçma çabalarını izlerken Ziya boğazına kadar çamurun içine gömülüyor. Arkasına dönüp yardım istemeye kalkışsa da bu son hamlesiyle kafası da çamurun içine batıyor. Kapıdan duran iki Ziya da bir süre çamurun altındaki çırpınışları ve içinden çıkan hava kabarcıklarını izliyor tepkisiz. Kabarcıklar durunca ikisi de sözleşmiş gibi aynı anda hareket ederek duvarın arkasındaki beyaz mermerleri alarak yürümeye başlıyorlar.

67

Biri Ziya'nın battığı yere gidip mermeri dikiyor, diğeri hemen yanındaki kabartının oraya sabitliyor mermeri. İkisi de dönüp gidiyorlar ve bir mermeri birlikte tutarak taşıyorlar. En sollarında daha küçük bir kabartı var, ikisinin gözünden de yaşlar akıyor mermeri o kabartının ucuna koyarken.

Sessizce görevlerini bitirmiş bir halde mermerlerin karşısına geçiyor ikisi de. Sırasıyla soldan başlayarak göz geçiriyorlar. Sude Hudutlu, Ege Hudutlu, Ziya Hudutlu...

Ziya'nın beyninin içinde yankılanan duayı okuyan yaşlı kadın beliriyor ikisinin arasında. Bir elini sağındaki, diğer elini solundaki Ziya'nın sırtına koyuyor ve sıvazlayıp diz çökerek duasını okumaya devam ediyor...

Son...

"De ki; Allâh, beni ve benimle olanları helâk edecek ya da rahmetine erdirecek olsa; acaba inanmayanları elim azaptan kim koruyabilir?"

Tebâreke, 67. Sure, 28. Ayet